Coleção Karl May

1. Entre Apaches e Comanches
2. A Vingança de Winnetou
3. Um Plano Diabólico
4. O Castelo Asteca
5. Através do Oeste
6. A Última Batalha
7. A Cabeça do Diabo
8. A Morte do Herói
9. Os Filhos do Assassino
10. A Casa da Morte

A MORTE
DO HERÓI

Coleção Karl May

Vol. 8

Tradução
Carolina Andrade

VILLA RICA EDITORAS REUNIDAS LTDA
Belo Horizonte
Rua São Geraldo, 53 - Floresta - Cep. 30150-070 - Tel.: (31) 212-4600
Fax.: (31) 224-5151
Rio de Janeiro
Rua Benjamin Constant, 118 - Glória - Cep. 20241-150 - Tel.: 252-8327

KARL MAY

A MORTE
DO HERÓI

VILLA RICA
Belo Horizonte - Rio de Janeiro

2000

Direitos de Propriedade Literária adquiridos pela
VILLA RICA EDITORAS REUNIDAS LTDA
Belo Horizonte - Rio de Janeiro

Impresso no Brasil
Printed in Brazil

ÍNDICE

Os Índios Cobras	9
Os Desordeiros da Ferrovia	28
Fred, O Gordo	43
Os Oguelalás	52
A Indignação de Afonso Murphy	40
Em Echo-Cannon	61
O Monte Hancock	78
A Conversão	89
O Testamento de Winnetou	100
Surpreendidos	111
Prisioneiro dos Kiowas	123
Os Papéis que Falam	139
A Filha do Guerreiro	151
Em Liberdade	163

Os Índios Cobras

Capítulo Primeiro

O sol incidia diretamente sobre nós, era como chumbo derretido. Cada poro de nossa pele suava, nossos cavalos lambiam na brida a espuma pastosa que saía de suas bocas, e nós, incapazes de seguirmos cavalgando, aceitamos a proposta de Winnetou:

— Devemos descansar. Nosso irmão negro não está acostumado a estas jornadas.

O chefe apache referia-se a Bob, o criado de cor de meu jovem amigo Bernardo Marshall, e que, como Sam Hawkens, nos acompanhava em nossa busca por pistas.

Pistas que pensávamos nos levar até Fred e Patrick Morgan, dois bandidos, que anos atrás haviam incendiado a granja de Sam Hawkens, assassinado sua esposa e seu filhinho, e tempos depois, também haviam assassinado ao pai de meu jovem amigo Bernardo Marshall, jogando na miséria a sua família.

Mas havia mais! Muito mais!

Nossas pesquisas nos haviam levado a averiguar que os dois assassinos, depois de nos escapar por entre os dedos, ao sermos detidos pelos comanches, por uns dias, conseguiram chegar até a Califórnia e ali passar a Sacramento para cair, como autênticas aves de rapina, sobre o acampamento mineiro de Yellow-waterground, convertendo aquela região em um autêntico inferno.

E havia sido ali precisamente onde, por umas cartas de Allan Marshall, nos inteiramos que o irmão de

Bernardo havia-se dirigido com um bom carregamento de ouro até o vale de Short Rivulet, para o qual nos encaminhamos, sem perda de tempo.

Calculem nossa decepção quando, ao chegarmos, comprovamos mais uma vez que o havíamos feito tarde. Fred e Patrick Morgan haviam estado ali, aprontando das suas com os membros de seu bando, trazendo para aquele pequeno vale a morte e a desolação.

No entanto, ao não encontrarmos ali o irmão de Bernardo, a esperança voltou a brotar em todos nós, pois possivelmente Allan havia conseguido escapar dos bandidos com seu precioso carregamento e dirigia-se ao porto de Humboldt para embarcar e regressar para sua casa.

Foi isto o que nos fez seguir a pegada dos bandidos, ainda mais quando a visão de águia de Winnetou nos levou a distinguir dois rastros: um pertencia, sem dúvida alguma, aos cavalos que montavam os homens dos Morgans, mas o outro, composto por várias mulas carregadas e um só cavaleiro, bem podia ser de Allan Marshall e seus animais, carregados com ouro.

As agudas observações de Winnetou me fizeram prestar mais atenção nas pegadas que seguíamos, chegando à conclusão de que eram um total de dezesseis cavaleiros que seguíamos, sem contar as ferraduras das quatro mulas bem carregadas, pois os cascos destas destacavam-se com mais força no solo. Destes dezesseis cavalos, era de se esperar que um pertencesse a Allan Marshall, e as acertadas deduções de nosso acompanhante índio mais uma vez se revelaram no final da tarde, ao nos dizer:

— Um destes cavaleiros cavalga algumas milhas adiante dos outros. Leva atrás dele as quatro mulas e cada vez vai perdendo mais terreno.

— Pois se for meu irmão, estes canalhas terminarão por alcançá-lo — disse Bernardo Marshall.

Eu procurei tranquilizá-lo, mas achamos melhor apertarmos o passo. Não havia inconveniente por parte de meu fiel amigo apache, que era capaz de seguir cavalgando por um dia e uma noite sem descansar. Meu cavalo também resistia a uma longa jornada, o mesmo acontecendo com a égua de Sam Hawkens, mas o mesmo não acontecia com os animais que montavam Bernardo e Bob, os quais também não estavam acostumados a cavalgar.

Com os cavalos ocorre o mesmo: dependendo do tratamento e do uso que se faça deles. Montado por um experimentado cavaleiro, pode dar o dobro do rendimento do que com um homem que não saiba sincronizar seus movimentos com os do animal. Este e outros pequenos detalhes resultam em fadiga para o cavalo, terminando por esgotar suas forças.

Depois de descansarmos ao meio-dia, chegamos à planície, onde as pegadas eram tão recentes que calculamos que apenas cinco milhas nos separariam do grupo.

Reanimados, esporeamos nossos cavalos para aquela que bem podia ser a última etapa daquela longa viagem. Era preciso nos aproximarmos deles o máximo possível para espiarmos os bandidos sem sermos descobertos. Nós cinco nos sentíamos possuídos pela excitação diante da quase certeza de termos, por fim, ao alcance de nossas mãos, os assassinos que perseguíamos há tanto tempo.

Winnetou indicou-me então que devíamos nos adiantar a nossos companheiros. Era mais prudente que seguirmos em grupo. Assim, adverti a Sam:

— Vá com Bernardo e Bob. Nós iremos na frente.

— Certo, Charley, mas não se esqueça do que eu disse. De acordo?

Fiz um sinal afirmativo com a cabeça, sabendo ao que ele se referia. Sam Hawkens, o famoso homem do

Oeste, conhecido em todos os recantos como Sem-Orelhas, que foram cortadas pelos navajos, havia reclamado para ele a "honra" de matar pelo menos um dos Morgan. Para ele tanto fazia disparar no pai ou no filho. Para ele, Fred ou Patrick Morgan eram uma só coisa:

Os assassinos de sua esposa e seu filho!

E se consentia em matar só um deles, era porque sabia que outros de nós tínhamos a mesma necessidade de vingar-se como ele.

Bernardo Marshall também havia perdido seu pai nas mãos daqueles assassinos.

Ainda que, com respeito a isto, eu tinha minhas dúvidas. Há muito conhecia a família Marshall e constava-me que o jovem Bernardo era incapaz de matar a uma mosca, sobretudo a sangue-frio. Não obstante, vendo-o agir daquela maneira nas últimas semanas em que cavalgávamos juntos, tinha que admitir que o rapaz tinha sofrido uma radical transformação. Não só havia se mostrado, em todos os momentos, valente e decidido, como também havia lutado como um leão contra os índios.

Ia pensando nisso tudo quando de repente vi que o chefe dos apaches freava bruscamente seu nervoso cavalo.

Olhei na direção que ele me apontava, e vi no chão marcas de vários cascos de cavalo. Parecia que um regimento de cavalaria tinha passado por ali. Ao nos inclinarmos para examinar mais de perto aquelas pegadas, descobrimos também indiscutíveis sinais de luta.

E em uma planta de largas folhas vi manchas de sangue.

Capítulo II

Sem desmontarmos, Winnetou e eu continuamos nossa investigação, e descobrimos, mais à esquerda, as pegadas de três cavalos ao lado de uma larga pista, formada por muitos rastros, traçando uma linha reta.

Winnetou e eu compreendemos, sem necessidade de falar. Seguimos a última pista num galope desenfreado. Os cavaleiros eram, quase podíamos afirmar, índios, e se Allan não havia conseguido adiantar-se, devia ter caído nas mãos de um novo inimigo.

Nossas suspeitas começaram a confirmar-se quando, antes de duas milhas, de longe, vimos as tendas de um acampamento indígena.

— Chochones! — exclamou Winnetou.

— Índios cobras — disse eu por minha vez.

A mão de Winnetou levantou-se, indicando-me que devíamos seguir nossa exploração. Mas eu achei melhor esperarmos nossos companheiros. Bernardo e Bob eram muito menos experientes do que nós e podiam cometer alguma imprudência. É certo que tínhamos deixado o esperto Sem-Orelhas com eles, e ninguém podia ensinar nada a Sam Hawkens, mas mesmo assim...

Quando apareceram em uma curva do caminho, nós cinco seguimos adiante.

No centro do acampamento havia algo em torno de uma centena de homens rodeando a seu chefe, um homem alto e robusto, de tez acobreada e nariz aquilino. Mesmo sendo extremamente cuidadosos, nos descobriram, e no mesmo instante, como se fossem um só homem, todos aqueles guerreiros empunharam suas armas, abrindo o círculo e formando uma frente de batalha.

Deixei que Winnetou se adiantasse.

— Ko-tu-cho! — escutamos espantados ele dizer.

E ficamos alarmados ao vê-lo lançar seu cavalo a todo galope em direção ao chefe daqueles índios, como se fosse derrubá-lo, sendo que a um passo de distância parou seu dócil animal bruscamente, deixando-o imóvel como uma estátua. O chefe índio não havia nem pestanejado ao vê-lo chegar tão velozmente; só levantou a mão, saudando a Winnetou:

— Seja bem-vindo, Winnetou, o chefe dos apaches.
A alegria entra no acampamento dos chochones, e o gozo no coração de seu chefe, pois Ko-tu-cho (Raio Destruidor) ansiava por ver novamente a seu valente irmão.
Meu assombro aumentou ao ver que Sam Hawkens esporeava seu cavalo, enquanto dizia:
— E a mim, o chefe dos cobras já não conhece mais? Esqueceu-se de Sem-Orelhas?
— Ko-tu-cho jamais esquece seus amigos e irmãos. Seja bem vindo à tenda de meus guerreiros.
Foi quando ecoou um grito desesperado. Voltei-me no mesmo instante e descobri Bernardo ajoelhado ao lado de um homem, que jazia no solo.
Saltei do cavalo e aproximei-me dele, dando-me conta em seguida que o cadáver havia sido atravessado por uma bala no peito. O morto era tão parecido com meu jovem amigo Bernardo, que no mesmo instante o reconheci:
— Allan!
Todos nos rodearam em silêncio, enquanto Bernardo, abraçado ao corpo sem vida de seu irmão, beijava sua testa, afastando o cabelo desgrenhado de sua face. Mas ele não ficou calmo por nem um minuto. Logo levantou-se e, fulminando a todos os que o rodeavam, exclamou com fúria:
— Quem o matou? Quem?
Ko-tu-cho respondeu, com dignidade e altivez:
— Enviei meus guerreiros à planície, e eles viram aproximar-se no galope três cavaleiros, caras-pálidas, perseguidos por um numeroso grupo de homens brancos. Ko-tu-cho sabe que quando muitos homens brancos perseguem a três, os perseguidores não são bons ou valentes; por isso meus guerreiros foram em auxílio dos perseguidos. Mas os caras-pálidas dispararam então, e o primeiro que caiu foi este. Meus bravos aprisionaram um dos perseguidores; os outros escaparam. Este bran-

co morreu nos braços de meus guerreiros, e os que o acompanhavam descansam nas tendas. *Howgh*!

Sua exclamação final eu sabia, assim como Winnetou e Sam, significava algo como: "Está dito", ou "Não duvidem de minhas palavras". É a forma impositiva que muitas tribos indígenas empregam.

Bernardo procurou dominar-se, mas exclamou:

— Este homem era meu irmão... Quero ver esses homens agora mesmo!

Percebi o gesto de desgosto de Ko-tu-cho, pelo que ele considerava uma ordem, uma imposição daquele cara-pálida. No entanto, depois de olhar para o chefe dos apaches e para o homenzinho sem orelhas, falou com dignidade:

— Meu irmão branco vem em companhia de Winnetou e Sem-Orelhas. Por isso Ko-tu-cho concordará. Sigam-me!

Entramos em uma grande tenda, onde estavam os presos, com os pés e mãos amarrados. Um mulato estava entre eles, com a bochecha marcada por uma grande cicatriz. Mas nenhum dos Morgan, nem pai nem filho, estavam entre os prisioneiros dos chochones. Por isso perguntei ao chefe da tribo:

— Não sabe meu irmão Ko-tu-cho para onde foram os homens que conseguiram fugir?

— Não.

— O que meus irmãos peles-vermelhas pensam em fazer com esta gente?

O olhar inquisitivo daquele homem exigia uma resposta sincera, ao perguntar-me primeiro:

— Meu irmão branco os conhece, é verdade?

— Perfeitamente! São bandidos, em cujos ombros pesam muitos crimes.

E ele nos desconcertou novamente ao dizer:

— Pois se meus irmãos brancos conhecem os crimes

desses outros caras-pálidas e os chochones não, serão vocês os juízes. Isso é o justo!

Troquei um olhar com meus companheiros, replicando:

— Merecem a morte, mas nos falta tempo para os julgarmos. Por isso nós os entregamos a vocês. Ko-tu-cho fará justiça.

Nós o vimos mover a cabeça, duvidando, mas sem deixá-lo pensar muito, acrescentei amavelmente:

— Por favor, leve-nos à presença dos brancos que estavam acompanhando o morto.

— Sigam-me.

Cruzamos o acampamento para passar a outra tenda, onde estavam dois homens profundamente adormecidos, vestidos com trajes de tropeiros. Um dos guerreiros que acompanhavam o chefe Ko-tu-cho os despertou e por suas palavras deduzimos que estavam a serviço de Allan Marshall, e que não sabiam de nada. Bernardo havia retornado para junto do cadáver de seu irmão e eu o segui, desejando que aqueles dois meses de dura experiência que ele havia passado, servissem agora para mitigar em parte sua dor.

Lentamente ele foi tirando um a um todos os objetos que encontrava nos bolsos de Allan, mas ao abrir a carteira e ver as anotações feitas por sua própria mão, já não pôde conter-se e, beijando o papel, prorrompeu em sentidos soluços.

Capítulo III

Os índios chochones contemplavam em silêncio a cena, mostrando certo desdém em seus rostos, por aquilo que eles consideravam uma debilidade dos caras-pálidas. Isso aborreceu Winnetou que, por nos conhecer, virou-se para Ko-tu-cho, dizendo:

— O chefe dos chochones não pense que meus irmãos brancos são mulheres, só porque os vê chorar. O irmão desse morto lutou bravamente contra bandidos e contra os valentes comanches, e já demonstrou ter a mão forte no combate. E se meu irmão vermelho duvida do valor do outro, eu já lhe direi quem é...

Com seus olhos chamejantes, Winnetou percorreu todo o círculo de guerreiros, dizendo como se estivesse me apresentando:

— Esse homem é Mão-de-Ferro!

Então o chefe dos chochones, aproximando-se, me saudou:

— Este dia será celebrado em todas as tendas dos chochones. Meus irmãos se hospedarão em nossas tendas, comerão nossa caça, fumaram conosco o cachimbo da amizade, e poderão observar os exercícios de meus guerreiros. *Howgh*!

— *Howgh*! — exclamou Winnetou como se fosse um eco.

— Os homens brancos aceitam a hospitalidade dos chochones — intervim — mas não hoje, e sim quando estivermos regressando. Em suas mãos deixaremos o cadáver deste irmão branco e tudo o que ele levava. Agora temos que continuar nossa perseguição.

— Muito bem, Charley — aprovou Bernardo. — Não devemos perder mais tempo!

Já nos dispúnhamos a retomar nossa marcha quando, com um gesto imperioso, Ko-tu-cho trouxe um soberbo cavalo. E, ao perceber nossos olhares espantados, explicou:

— Ko-tu-cho acompanhará seus irmãos brancos. As posses do homem que morreu e seu dois criados serão guardados e as mulheres chorarão sua morte.

Nada tivemos a objetar, porque sua ajuda podia ser muito valiosa. Interiormente eu só temia uma coisa, ao ver como o soberbo chefe dos chochones olhava para Bob, nosso companheiro negro, pois sabe-se o quanto os peles-vermelhas desprezam a raça negra, até mais que alguns brancos.

Mas o bom Bob, dando pouca importância ao olhar ofensivo de Ko-tu-cho, disse em seu inglês meio estropiado:

— Arre, arre! Cavalo de Bob deve correr muito, para caçar assassino do muito gentil senhor Allan. Arre!

Nosso grupo havia aumentado e agora éramos seis, contando com outro perito em seguir rastros, como Ko-tu-cho logo demonstrou, ao liderar a marcha. Em pouco tempo ele nos indicou:

— Aí estão!

Efetivamente, vi três vultos movendo-se lentamente, pois não percebiam que estavam sendo perseguidos. Bernardo gritou então, irado:

— Vamos até eles!

— Alto aí, Bern! — eu disse. — Não devemos fazer loucuras. Será melhor cercá-los. Meu cavalo e o de Ko-tu-cho ainda podem agüentar a carreira, assim é que eu tomarei a direita e o chefe dos chochones a esquerda. Em uma hora nós os teremos alcançado e então vocês virão em nossa ajuda.

Ninguém discutiu meu plano e por sua parte, como prova de aceitação, Ko-tu-cho lançou seu cavalo em um galope desenfreado. Eu então cavalguei diretamente até os vultos, com a intenção de que eles me vissem, para ver qual a reação que eles teriam.

Depois de uma rápida hesitação, resolveram avançar na direção onde vinha Ko-tu-cho. Neste instante viram que nós os estávamos cercando e, velozes, começaram a disparar contra o índio. Por um instante pensei reconhecer Fred Morgan, mas não prestei muita atenção mais, pois vi que Ko-tu-cho estava caído no chão, ferido.

Raivosamente os homens avançaram então contra o índio, mas deram-se conta de seu terrível engano: o índio havia se levantando com agilidade, brandindo sua machadinha e lançando-se contra eles.

Já havia derrubado um de seus três inimigos, quando eu me lancei sobre Fred Morgan, ao qual queria la-

çar vivo. Meu laço assoviou e obriguei o cavalo a dar meia-volta sobre suas patas traseiras, no mesmo instante em que o bandido voltava a disparar e eu sentia o chumbo atravessando a manga de meu casaco de pele de bisão.

— Que péssima pontaria, seu velhaco! — gritei. — Mão-de-Ferro não pode ser morto assim!

Antes que Fred Morgan voltasse a disparar, meu laço caiu sobre sua cabeça, deslizando, até aprisionar-lhe os braços. Enquanto isso, o outro bandido atirava contra Bernardo e Sam, mas este o alcançou instantes depois.

— Ora, ora! — escutei-o dizer.

De um salto abandonei meu cavalo sem soltar o laço onde, por fim, tinha em meu poder o autor de tantos crimes. Corri velozmente até ele, que ainda estava meio atordoado com o golpe que havia recebido ao arrancá-lo, meu laço, da sela do cavalo.

Estranhamente, foi Bob quem correu primeiro até o prisioneiro, esgrimindo sua faca e gritando irado:

— Bob matar! Bob matar assassino para sempre!

— Alto aí, bola de betume! — gritou Sam. — Esse canalha me pertence!

— Deixem de discussão! — gritei. — E os outros dois, estão vivos?

— Mortos — respondeu Bernardo, aproximando-se segurando o quadril.

— Está ferido, Bern?

— Nada importante, Charley. Só um tiro de raspão.

— Ora, que coisa! E logo agora que devíamos prosseguir caçando o restante do bando!

— Só continuarão na perseguição Winnetou, eu, você, Charley e este índio que está nos acompanhando — dispôs Sam, sem consultar ninguém. — Bernardo está ferido e Bob o ajudará a levar este criminoso ao acampamento chochone, onde ele aguardará minha justiça.

Creio que nós quatro somos mais que suficientes para perseguir estes outros seis bandidos que estão com a carga de ouro de Allan. Não é verdade?

Não discutimos. Fred Morgan foi bem amarrado em seu próprio cavalo, cuidando eu, pessoalmente, desta tarefa para evitar que Sam ou Bernardo, levados pelo ódio, pudessem vingar-se ali mesmo.

Ko-tu-cho ajudou-me, querendo saber quem eram os outros que iríamos continuar a perseguir:

— Aonde vão meus irmãos brancos?

— Em busca das águas do Sacramento, entre os montes de San Juan e San José.

— Uf! — limitou-se a bufar o índio.

Depois de haver examinado o ferimento de Bernardo, Winnetou recomendou-lhe:

— Meu irmão branco não deixe de colocar sobre a ferida as ervas que Winnetou indicou. Se o sangue não sair, não ficará curado.

— Eu quero fazer outra recomendação a Bernardo — disse Sam, apontando para o prisioneiro. — Não o perca de vista! Esperei muitos anos por isso, compreende rapaz?

— Não tema, Sam. Não escapará desta vez.

— Bob promete também — disse o negro, antes de regressar.

Somente quando já os perdíamos de vista, Sam opinou:

— Devíamos ter tratado aquela cobra com porretadas. Assim nos diria para onde seu filho se dirige com o carregamento de ouro.

— Está enganado, Sam — opinei. — Tipos como esse Fred Morgan morrem antes de denunciar seus companheiros. E ainda mais que um deles é seu próprio filho.

— Meu irmão Charley tem razão — reforçou Winnetou.

— Está bem. Não necessitamos de nenhuma informação para seguirmos. Somos bastante capazes para descobrirmos este rastro!

Ko-tu-cho dirigiu-se então a Sam:

— Irmão Sem-Orelhas fala bem. Ko-tu-cho conhece cada palmo de terreno até o rio. Podemos descansar e deixar que os cavalos pastem, para que se recuperem.

Assim o fizemos e ao anoitecer os cavalos estavam de novo preparados para retomarem a marcha. Saímos da planície e atravessamos montes e vales. Cruzamos as pradarias e áreas de vegetação cerrada. Na manhã seguinte, depois de um curto café-da-manhã, que tomamos com gosto, seguimos na mesma direção, até entrarmos em um frondoso vale do Sacramento, onde a vegetação é rica, havendo muitos frutos silvestres.

Estava eu recolhendo alguns frutos, quando Winnetou exclamou:

— Eles vão por ali!

— Quietos! — exclamei. — Se não nos ocultarmos, logo serão eles que irão nos descobrir.

Com suma habilidade, Winnetou, Ko-tu-cho e o próprio Sam fizeram com que seus cavalos tombassem ao chão, ocultando-os entre o matagal. Eu tentei imitá-los, mas meu cavalo, mais selvagem e menos dócil, ou talvez, eu mesmo, menos habilidoso, não quis obedecer-me. Era um risco a correr e tomando outra decisão, anunciei:

— Se avistaram meu cavalo, não tenho porque me esconder. Vou até eles! Já começo a ficar farto desta brincadeira de gato e rato.

E lancei-me em veloz carreira na direção daqueles seis foragidos.

Capítulo IV

Logicamente, minha decisão não era nenhuma loucura. Eu sabia como meus amigos iam reagir, e por isto avançava confiante, em direção ao perigo.

À medida que me aproximava deles, pude reconhecer Patrick Morgan. Pelo visto, era ele quem capitaneava o grupo, e o que me causou surpresa foi ver que as mulas estavam sem carga. Disto tudo deduzi que eles deveriam ter escondido o butim em algum lugar, e que o melhor seria que nós os prendêssemos com vida, para fazê-los confessar onde estava o ouro.

Atentos à minha chegada, os bandidos mostravam-se confiantes e foi esta justamente a sua perdição. Patrick Morgan também me reconheceu e, tirando o fuzil do ombro, exclamou lentamente, certo de seu triunfo por causa de sua superioridade numérica:

— Ora, ora! Vejam só quem está aqui, o famosíssimo Mão-de-Ferro!

— Estou vendo que se recorda de mim.

— E quem não recordaria? Agora mesmo vai me pagar, com juros, o golpe que uma vez me deu.

Tinha intenção de me matar, sem dar-me oportunidade de defesa, como se eu fosse um cão. Seus companheiros sorriram divertidos, e nenhum deles deu-se conta de que meus amigos já os rodeavam. Sam Hawkens surgiu detrás do matagal, soltando chumbo pelos canos de seus revólveres, enquanto que os dois índios, cada um por seu lado, lançaram-se ao combate com seus laços levantados. Foi Winnetou quem derrubou Patrick Morgan, mas Ko-tu-cho falhou, porque o restante do bando iniciou uma fuga desesperada.

Sam lançou-se com suas pernas curtas em perseguição a eles, sem deixar de disparar, conseguindo ferir dois deles, mas eu gritei de longe:

— Deixe-os Sam! Já temos seu chefe!

Sam, Winnetou e Ko-tu-cho haviam sido forçados a deixarem seus cavalos longe para aproximarem-se dos bandidos, por isso era-lhes impossível perseguir os outros bandidos, o que já não acontecia comigo. Então dirigi-me até Sam, que se empenhava em terminar a tiros com todos aqueles homens:

— Que diabos está fazendo, Sam? Seguindo suas pegadas, saberemos onde têm esconderijo.

— Ora! Isso não importa, Charley. Temos este pássaro aqui, e nós o faremos cantar.

Ele referia-se a Patrick Morgan que, bem amarrado por Winnetou, já montava seu cavalo para regressar conosco ao acampamento dos chochones. Mas ele se negava a falar, e não nos disse uma só palavra. Calculei que o ouro que havia sido a causa de tantas mortes, provavelmente estava perdido.

Durante nosso regresso foi inútil que pelo caminho gritássemos, o ameaçássemos e inclusive prometêssemos dar-lhe um tiro ali mesmo. Morgan não abriu a boca, e só quando o empurrei dentro da tenda onde estava seu pai, também amarrado, é que resolveu manifestar-se:

— Você foi um estúpido, pai! Não acreditei que pudessem caçar você!

Os olhos de Fred Morgan chisparam de raiva contida:

— E você? Por acaso não lhe capturaram também?

Já era muito tarde e, como chefe dos chochones, Ko-tu-cho nos indicou que não podíamos julgar os prisioneiros senão à luz do sol. Não se opunha que fizéssemos com eles o que bem desejássemos, mas devíamos respeitar os costumes de sua tribo.

— Um tiro na nuca dá e sobra — resmungou mal-humorado Sam.

— Isso seria quase um assassinato — repliquei. — Nenhum de nós deve descer tão baixo assim.

— Você se esquece a que classe estes dois vermes pertencem?

— Não posso me esquecer, meu amigo. Assim como não esqueço que somos pessoas civilizadas.

— Estou dizendo que um par de tiros basta, Charley! Sabe que espero há anos por este momento.

— Sem-Orelhas deve acalmar-se — recomendou

Winnetou, com sua tranqüilidade habitual. — Amanhã faremos justiça.

— Amanhã, amanhã! Repito que já estou cansado de esperar e eu...

— Você esperará, como todos os outros — interrompi.

— Concordo, Charley, mas não respondo por mim se...

Não pudemos escutar o final de sua frase porque já ia embora, falando consigo mesmo. Ko-tu-cho ordenou que nos preparassem o jantar, nos arranjou as tendas necessárias para que descansássemos e como a jornada havia sido agitada e fatigante, logo me entreguei ao sono.

Ignoro o tempo que estive dormindo, mas no melhor do sono, escutamos uma enorme agitação entre os chochones. Ouvi gritos, disparos e muitas vozes falando no dialeto índio. Os presos estavam escapando de suas tendas. Haviam surpreendido aos sentinelas e...

Saltei da cama empunhando meu rifle de repetição, atravessei o acampamento correndo e, ao chegar, pude presenciar um espetáculo que me deixou assombrado.

Sam Hawkens, o personagem conhecido em todo o Oeste como Sem-Orelhas, estava disparando com seus dois revólveres à uma só vez e com sua eficaz pontaria dava boa conta daqueles assassinos. Foi assim que vi cair Fred Morgan e o canalha de seu filho Patrick.

E sem poder evitar, pensei:

"Sem-Orelhas fez justiça a seu modo, rude, porém eficaz. Não tenho porque reprová-lo em nada, pois não só assassinaram vilmente sua esposa e seu filhinho, como também cometeram outros tantos crimes durante suas vidas."

Aproximei-me de Sam que estava, com toda a tranqüilidade, recarregando seus dois revólveres. Olhou-me fixamente e disse:

— Por que não nos ajudou, Charley?

— Porque sabia que só você bastava para acabar com eles, Sam — respondi prontamente.

— Sim, claro.
— Tem idéia de quem possa tê-los ajudado com as amarras?
— Não, Charley, não. E por Deus, amigo... Não vá pensar que, pelo prazer de vingar-me deles, tenha sido eu.
— Claro que não, Sam. Mas... Quem?

Bernardo aproximou-se com a manta sobre seus ombros nus, dizendo:
— Pode ter sido algum dos índios. Eles estavam com o ouro bem escondido, e quem sabe com a promessa de...
— Sim, deve ter sido isso, Bern — repliquei, pouco convencido daquela possibilidade.

Ko-tu-cho estava realmente furioso com a perda de dois de seus melhores guerreiros. Winnetou quis saber:
— Caíram todos, Sem-Orelhas?
— Todos, Winnetou! — exclamou Sam, com segurança.

Ele então afastou-se, e eu o segui. Sam entrou em minha tenda:
— Mais balas? — perguntei, levantando a pele que servia como porta.
— Sim, Charley. São as últimas que coloco em minhas armas. Agora que vinguei os meus, posso morrer tranqüilo. Não me importa se for hoje ou amanhã!

Eu o compreendi e o ajudei a carregar seu rifle. Disse-lhe amistosamente:
— Agora, Sam, só temos que rezar para que Deus acolha com misericórdia estes dois desditados.
— Não há perigo, Charley. Que Deus os perdoe!

No outro dia os chochones erigiram, por ordem de seu chefe Ko-tu-cho um sepulcro quadrado, onde foi depositado o cadáver de Allan Marshall. Bernardo a tudo assistiu, e pediu-me que fizesse um breve sermão por ele. Assim o fiz e, quem sabe seguindo meu exemplo, imitando meus gestos e movimentos, os guerreiros índios também cruzaram as mãos, como se fossem orar conosco.

Terminado o enterro, os índios chochones não deixaram que Bernardo se entregasse à dor. Permanecemos mais uma semana com eles, que nos ofereceram festejos, caçadas e exercícios de guerra.

— Ko-tu-cho sempre receberá bem seus irmãos brancos, se eles por acaso voltarem a visitar nossas terras — disse-nos solenemente o chefe.

— Winnetou virá logo aqui outra vez — disse o chefe apache.

— Ko-tu-cho sempre fumará com Winnetou o cachimbo da paz. Meus bravos estão orgulhosos por terem estado com amigos tão famosos... Mão-de-Ferro, o pequeno Sem-Orelhas...

— Devagar, meu amigo! — começou a protestar Sam. — Os homens não devem ser medidos por sua estatura, e sim...

— O pequeno Sem-Orelhas também será sempre bem recebido — repetiu imperturbável o chefe dos chochones.

E logo ele apontou para o pobre Bob, sentenciando:

— Mas esse não. Nunca mais meus irmãos brancos tragam às tendas dos chochones a um irmão negro.

Bob ficou vermelho, mesmo que sua tez negra nos impedisse de ver.

E por fim, terminada nossa missão, que tantas aventuras nos trouxe, regressamos a San Francisco.

Os Desordeiros da Ferrovia

Capítulo Primeiro

Passamos várias semanas na populosa cidade de San Francisco, mas depois Winnetou regressou às pradarias comanches e o simpático e temperamental Sam Hawkens também decidiu seguir um caminho distinto do meu. Então disse a mim mesmo que nada tinha a fazer ali, e que poderia desfrutar de um merecido descanso.

Bernardo Marshall e seu criado Bob regressaram para sua casa e eu, aproveitando que tinha que resolver alguns assuntos com meu editor na Alemanha, decidi embarcar rumo a Hamburgo, certamente com saudades da Europa e da vida civilizada.

E foi ali, tão longe das inóspitas terras do Oeste americano, que tropecei casualmente com um personagem cuja presença voltou a despertar-me recordações. Este homem era de San Luis, e juntos havíamos caçado e matado uma boa quantidade de bisões nos pântanos do Mississipi. Simpático, agradável e bom companheiro, saímos várias vezes a passeio pelas ruas de Hamburgo. Uma tarde me disse que pagaria minha viagem de regresso à América, se eu lhe desse a alegria de acompanhá-lo.

— Gosto da Europa, mas noto a falta de certos costumes de meu país — me disse. — Os Estados Unidos, não demorará muito, será um dos países mais prósperos e florescentes do mundo. Eu tenho uma grande fortuna e se o grande Mão-de-Ferro se decidir a...

— Acho estranho ouvir este nome aqui, meu amigo.

— E por que? Seus compatriotas deveriam conhecer a fama que você goza no Oeste americano.

Confesso que eu também sentia certa nostalgia do Oeste. A Europa não me atraía o suficiente para permanecer ali muito tempo. É que, apesar das múltiplas expedições que fiz, não é o mesmo que levar a vida de um homem do Oeste americano. Estes, confiando exclusivamente em suas forças e na boa pontaria, se atrevem a escalar uma montanha ou percorrer territórios cheios de perigo, cuja existência não é possível que imagine o mais audaz viajante dos Alpes suíços. Mas são esses perigos precisamente que nos atraem e seduzem. Os músculos destes homens singulares são de ferro. Seu corpo não conhece o cansaço, nem se assustam com as privações, e todas as faculdades de seu espírito logram, com a prática e o exercício, uma elasticidade e resistência que servem como salvação nas situações mais desesperadas.

Daí o fato de um homem do Oeste não conseguir viver em países civilizados durante muito tempo. Ali estes homens não conseguem emprego nem atividade para suas energias, voltando, assim, sempre para a vida livre das pradarias.

Algo parecido acontecia comigo e por isso aceitei o amável convite de meu amigo. Atravessamos mais uma vez o Atlântico, e assim que pisamos em solo americano, nos internamos nas selvas de Misuró, onde permanecemos várias semanas, até que meu companheiro teve que regressar. Eu não tinha outra ocupação que meu anseio por aventura e meus livros, motivo pelo qual subi até Omaha-City, para penetrar, através da ferrovia do Pacífico, no Oeste.

Tinha minhas razões para seguir tal itinerário. Conhecia já as Rochosas, desde o parque do Norte, até mais abaixo do deserto de Mapimi onde, anos atrás, havia estado em companhia de meu bom amigo, o chefe apache Winnetou. Mas a distância dali até o parque, era-me absolutamente desconhecida.

E precisamente nestes extensos territórios, quase inexplorados, é onde ficam os três pontos mais interessantes da serra, os três Tretons, as montanhas de Wind River, a passagem do Sul e sobretudo as fontes de Yellowstone, rio Cobra ou Colúmbia, onde fora o índio ou o caçador fugitivo, nenhum explorador havia chegado.

A aventura sempre exerceu um fascínio extraordinário em mim, motivo que me levou a explorar aqueles agrestes territórios, que as lendas dos peles-vermelhas haviam se encarregado de povoar de terríveis e maléficos "espíritos".

Para começar a aventura, só precisava de um bom cavalo, mas isto não me preocupava muito. Vendi o velho pangaré que havia me levado até Omaha, e tomei o trem, firmemente convencido de que encontraria um bom cavalo.

Por aquela época ainda se viam, durante o trajeto do trem, grupos de trabalhadores ocupados em construir pontes e viadutos, ou simplesmente reparar partes defeituosas nas linhas, feitos pelos peles-vermelhas.

Aquela gente, quando não trabalhava perto de alguma colônia, estabelecia ali seus acampamentos improvisados com paliçadas e trincheiras para defender-se dos índios, já que a maioria das tribos considerava a ferrovia contrária a seus direitos, e tentava freqüentemente impedir sua construção, utilizando todos os meios a seu alcance.

Claro que não eram só os índios que eram inimigos declarados da ferrovia. Existiam muitos outros, mais sanguinários e ferozes que os primitivos peles-vermelhas.

Ninguém ignora que pelas montanhas e pradarias pulula um grande número de sujeitos que, desterrados de países civilizados, levavam ali sua fracassada vida, não tendo outros recursos além dos que obtêm vagabundeando pelo bravo Oeste. Estes homens reuniam-se em bandos, e enquanto durou a construção da ferrovia, mostraram verdadeiro empenho em assaltar as colônias e acampamentos dos trabalhadores. Como era natural, eles preveniam-se contra os assaltantes fortificando suas casas, e indo para o trabalho sempre bem armados.

Por causa destes ataques aos acampamentos de obras e mesmo aos trens, estes bandidos ficaram conhecidos como "desordeiros da ferrovia". Eram constantemente vigiados, mas como estavam sempre em bom número, continuavam com seu perigoso "jogo" no qual não poucas pessoas honradas perdiam a vida.

Por causa disto, os ferroviários tinham declarado guerra a todo desordeiro que cruzasse seu caminho, e no caso de conseguirem aprisionar um destes bandidos, ele corria o risco de ser linchado sem apelação. A verdade é que estes canalhas mereciam isto, já que eles também assassinavam sem piedade.

Com tudo isso, é fácil compreender que era a lei da força, das armas e do revólver, que imperava na ferrovia.

Constituía em si uma temeridade viajar naqueles vagões de madeira, por melhor que fosse a escolha que o comboio levasse. Mas o homem é o único animal que parece amar o perigo, que nunca se detém em sua marcha ascendente pela civilização, assim como também é o único ser da criação capaz de exterminar a si mesmo.

De qualquer forma, o certo é que me encontrei viajando por aquelas terras, e o que segue está relacionado com tudo isto.

Capítulo II

No domingo à tarde tomei o trem em Omaha. O comboio seguia seu caminho sem que nada o interrompesse. Pela janela desfilava uma paisagem monótona, motivo pelo qual comecei a ler. Em uma ocasião levantei os olhos do livro e vi sentado na minha frente um homem, cujo aspecto bem merece uma descrição.

No princípio, a impressão que aquele homem causava, resultava cômica, mas estava eu tão acostumado a tropeçar com gente estranha em minhas viagens, que a sua aparição sequer me arrancou um leve sorriso. Aquele homem era de estatura pequena, mas tão corpulento que poderia rolar como uma bola sem fazer grande esforço. Trazia uma jaqueta de pele tão velha, que somente se viam tufos de pêlo naquele deserto de couro. Acredito que aquele casaco deva ter servido como um bom abrigo para seu dono mas, as inclemências da chuva, da neve, o frio e o calor, a haviam encolhido de tal maneira que a jaqueta estava apertada. Não dava para abotoá-la e as mangas só chegavam até os cotovelos. Por debaixo do casaco assomava uma camisa de flanela vermelha e umas calças de couro, cuja cor primitiva devia ter sido negra, mas que no dia em que a vi pela primeira vez, refletia todas as cores do arco-íris, dando claro sinal de haver prestado a seu dono o serviço de pano de cozinha.

Por debaixo daquela calça anti-diluviana apareciam as canelas do homem. Os pés estavam metidos em um calçado que parecia desafiar o tempo e mesmo a eternidade. Eram umas botas de couro de bezerro, de sola dupla e uma tripla fileira de cravos gordos, capazes de triturar a cabeça de um crocodilo. Trazia um chapéu que, além de não ter forma, carecia de grande parte das abas. Ao redor de seu volumoso ventre levava uma faixa de cor indefinida, por debaixo da qual aparecia uma pistola velhíssima e uma faca. Junto a estas armas levava a bolsa de munições e a de tabaco, um espelhinho destes que se vendem nas feiras por meio centavo, uma garrafa de campo e quatro dessas ferraduras com patente que se atarraxam aos cascos de cavalos.

Junto das ferraduras, havia um estojo cujo conteúdo, como fiquei sabendo mais tarde, encerrava todo o necessário para o serviço de um barbeiro.

Mas o mais incomum naquele homem era a sua cara, tão bem escanhoada e limpa, como se tivesse acabado de sair da barbearia, com umas bochechas tão gordas e vermelhas, que o nariz curto e redondo desaparecia entre elas, e os vivos olhos pardos não conseguiam dominar. Ao abrir os grossos lábios, deixava entrever uma fileira de dentes muito brancos, motivo que me levou a suspeitar serem postiços. Do lado direito do queixo, tinha uma protuberância em forma de pepino, o que contribuía ainda mais para aumentar o ridículo daquele rosto.

Como estava na minha frente, sentado com um rifle entre suas curtas e grossas pernas, não podia deixar de olhá-lo. Mas ele nada dizia ou fazia, e só uma hora depois de haver-se acomodado ali, pediu-me licença para fumar seu cachimbo.

— Certamente — respondi diante de tamanha consideração.

Isto me chamou ainda mais a atenção, pois um autêntico caçador das pradarias não se preocupa se está ou não incomodando seus companheiros de viagem, se sente vontade de fumar.

Mas como o odor do tabaco resultava infernal, me dispus a fumar também, para minimizar o odor.

— Quer um dos meus cigarros?

— Obrigado, cavalheiro. Esses fumos chamados puros são demasiadamente elegantes para mim. Prefiro meu cachimbo.

Como um bom caçador, trazia o cachimbo, pequeno e sujo, pendurado no pescoço. Uma das vezes que o cachimbo apagou-se, eu ofereci um fósforo aceso, mas ele o rechaçou, pegando um acendedor daqueles que chamamos *punks*, que consiste em mofo de árvore usado como chispa. Disse-me:

— Os fósforos são outro invento para pessoas elegantes, que não servem para nada nas pradarias. Não quero adquirir maus costumes.

Assim terminou nosso breve diálogo inicial, sem demonstrar ele vontade de retomar a conversa. A viagem prosseguiu, e ao chegar à estação de North-Plate, ponto de união entre os rios North-Plate e South-Plate, vi que ele descia e ia em direção aos vagões onde se guardavam os cavalos.

Ao retomarmos a viagem, ele prosseguiu em seu silêncio total e só quando chegávamos, à tardinha, a Chagenne, aos pés do monte Blank Hills, ele decidiu-se a perguntar:

— O senhor continua a seguir na ferrovia?

— Sim.

— Perfeito. Então, viajaremos juntos.

Nada respondi para mostrar-lhe que, se ele antes não tinha tido vontade de conversar, eu também não. Mas ele insistiu:

— O senhor está indo para muito longe?

— Até Ogden City.

— Vai visitar a cidade do mórmons?

— Só de passagem, logo subirei aos montes Wind River e os Tretons.

Ao ouvir isto o gorducho examinou-me, com ar de troça, dos pés à cabeça, mostrando incredulidade em seus olhos:

— Até lá em cima, o senhor disse? Vamos homem, para isso é necessário ser um autêntico homem do Oeste. Está levando companhia?

— Não.

Outra vez cravou em mim seus olhos chispantes:

— E o senhor pensa em chegar sozinho aos três Tretons, passando por entre os sioux e os ursos cinza? Bah! Mas o senhor já escutou alguma vez, por acaso, sobre os sioux e os ursos que vivem por ali? Acho que não, não é meu amigo?

— Já ouvi falar... E não foi por... "casualidade"!

— Ah, sim? Qual é o seu nome?
— Sou escritor. Meu nome é Charley Müller.

Sua cara tornou-se francamente risonha. Parecia divertir-se com a idéia de que um simples escritor pensasse em subir, por sua conta e risco, aos picos mais cheios de perigo das Montanhas Rochosas.

— Está bem — replicou ao fim, divertido. — Pensa em escrever um livro sobre sua viagem aos três Tretons?

— Pode ser que eu o faça.

— Olhe, jovem, creio que já sei o que se passa com o senhor. Escutou falar de homens famosos, tais como o chefe apache Winnetou, ou um explorador que todos conhecem como Old Firehand, um tal de Hawkens, ou Sem-Orelhas ou mesmo de Mão-de-Ferro. Não é verdade?

— Sim, já ouvi falar de todos eles.

— E quer conhecer os lugares por onde eles andaram, para logo escrever seus livros, não é?

O homenzinho ignorava que eu estava me divertindo tanto ou mais do que ele, por isso continuou, como se estivesse dando conselhos a uma criança:

— Pois não deseje imitá-los, pode dar-se mal com tal coisa. Quando a gente conta as coisas que esses homens fazem, assim, sentados tranqüilamente, tudo parece fácil. Mas acredite-me, não o é! Esse famoso Winnetou passou mil perigos, e ele é capaz de enfrentar a todo um exército de inimigos sozinho. Old Firehand não conseguiu sua celebridade sem riscos, e se mata a um mosquito que o senhor aponte no meio de uma nuvem deles, não é porque já não tenha disparado antes milhares de vezes. E se falo de um tal de Mão-de-Ferro, que dizem jamais ter errado um só disparo e que com um soco nocauteia um pele-vermelha, também não é porque tenha levado uma vida tranqüila. Pois bem, ainda assim, se qualquer um deles me dissesse que pensava em subir sozinho aos Tretons, mesmo sendo tão experientes e valentes, sabe o que eu lhes diria?

— Não...

— Pois diria que não cometessem tal loucura. Imagine então o que eu diria a um escritor? Por certo o senhor tem um bom cavalo, não?

— Não.

O homem teve então um acesso de riso e seu volumoso ventre se agitou mais ainda ao compasso da sonora gargalhada:

— Ha, ha, ha! Escalar os Tretons sem cavalo! O senhor está louco, senhor... senhor... como é que se chama mesmo?

— Charley Müller — respondi secamente.

Tive um enorme desejo de falar-lhe que ele estava conversando com o próprio Mão-de-Ferro, para ver qual seria a cara dele. Mas nada disse. Limitei-me a fechar os olhos, indicando a ele que sua conversa me aborrecia e que eu preferia dormir.

A viagem prosseguiu, passando pelas estações de Carbon e Green-River, a última das quais já se encontrava a mais de 800 milhas a oeste de Omaha. Ali a comarca perdia seu aspecto desolado, voltando a reaparecer a vegetação e adquirindo as montanhas um colorido mais agradável à vista.

Ao atravessar um riacho e entrar num vale, a locomotiva deu três fortes apitadas, anunciando um perigo iminente. Todos os passageiros colocaram-se em pé de um salto, enquanto os freios da locomotiva guinchavam. E então descemos para ver o que estava acontecendo.

O quadro que se oferecia às nossas vistas era espantoso. Um trem de trabalhadores havia sido assaltado, e a estrada estada coberta com os restos do comboio incendiado. O assalto devia ter ocorrido durante a noite e, como era costume, os desordeiros da ferrovia haviam arrancado os trilhos, para fazerem a locomotiva descarrilhar e assim poderem atacar.

O que depois ocorria é fácil de imaginar. Só restavam do comboio as armações de ferro, pois cada um dos vagões, depois do bárbaro saque havia sido entregue às chamas. Entre as cinzas e restos carbonizados estavam os cadáveres.

Ninguém havia conseguido escapar da catástrofe.

A excitação dos passageiros e do pessoal de nosso trem era extraordinária e resulta impossível repetir aqui as imprecações e maldições que disseram contra os assaltantes. Não era possível encontrar nada de valor nos corpos carbonizados, prova de que o saque havia sido calculado e metódico.

Capítulo III

Enquanto meus outros companheiros de viagem e os empregados do trem dedicavam-se a sepultar os cadáveres e reparar a ferrovia, eu me dediquei a examinar os possíveis rastros dos salteadores. O terreno era um largo plano coberto de grama, com alguns arbustos e pequenas árvores espalhadas.

Descobri grama pisoteada e calculei que ali havia passado alguém. Estas pegadas me levaram a um lugar onde haviam estado os cavaleiros. Examinei aqueles rastros cuidadosamente para saber que tipo de animais eram e seguir minhas investigações.

E então tropecei com quem menos esperava encontrar:

— O que o senhor está fazendo aqui?

Olhei assombrado para o homenzinho gordo do trem e me limitei a dizer:

— Busco pelos rastros.

— O senhor? Mas homem de Deus... Para fazer isso é preciso ser um homem do Oeste!

— Não obstante, eu os encontrei. São rastros de uns vinte e dois cavalos.

De novo o assombro apareceu no rosto rechonchudo do homem, e ele repetiu incrédulo:
— O senhor?... Bem, bem. E de onde tirou este número?
— Oito desses cavalos estavam ferrados e dezoito não. Os quatro, até os vinte seis que creio serem o total, não sei se são pegadas repetidas ou se realmente, em vez dos vinte e dois que lhe disse são vinte e seis. Vi que o homem ficava boquiaberto, mas eu prossegui:
— Entre os cavaleiros haviam vinte e três brancos e três índios. O chefe do bando é branco e manca da perna direita. Seu cavalo é um cavalo selvagem castanho. O chefe índio que o acompanha monta um potro negro como a noite e creio, aliás, posso quase assegurar, que ele é sioux, da tribo dos oguelalás.
A cara daquele homenzinho ia se descompondo. Tinha os olhos cravados em mim, como se eu fosse uma visão de outro mundo. Estava perplexo e até mesmo indignado. Por fim, explodiu:
— Demônios! Descobriu tudo isso através de umas simples pegadas, o senhor, com esta aparência de um inexperiente homem da cidade?
— Examine-as o senhor mesmo e tire a prova — convidei.
— Mas... Como vou averiguar quantos cavaleiros eram brancos e quantos eram índios, que cavalo era castanho e outro negro, e quem mancava, e de qual tribo eram os peles-vermelhas? Isso é impossível!
— Para mim não, e digo-lhe para verificar por sua própria conta.
— Está bem, eu vou tentar!
— Isso mesmo, veremos assim quem tem a melhor vista!
Chegamos ao lugar que eu lhe indiquei e ele pôs-se a examinar febrilmente cada fiapo de grama. Por um instante achei que tivesse se esquecido de minha presença até que por fim, nobremente, reconheceu:

— Com efeito, meu jovem amigo! O senhor acertou. Eram vinte e seis cavalos e dezoito deles estavam sem ferraduras. Mas o restante do que me disse, parece-me disparate.

— Examine as pegadas comigo, por favor. Fixe-se nestas pegadas de cavalo. Três iam afastados do resto e não travados pela brida e sim pela cruz, como o fazem os índios.

O gorducho examinou bem o que eu estava indicando, para exclamar:

— Ora vejam só! Também acertou nisso! Eram mesmo índios!

— E agora, venha até o charco onde os índios lavaram a cara e tornaram a pintar as cores de guerra. Vê estes círculos no chão? São das tigelas onde estão as tintas. Como fazia calor, elas derreteram e gotejaram. Aqui está a grama manchada de preto, vermelho e azul. Está vendo?

— Verdade, verdade...

— E não são essas as cores de guerra dos oguelalás?

Ao homem não restou outra solução senão render-se ante as evidências.

— Sigamos. Quando chegaram aqui, todos apearam e foram até o charco, um lugar pantanoso, como nos mostram estas pegadas cheias de água. Só dois continuaram avançando, os chefes sem dúvida, que iriam explorar o terreno. Veja você as pegadas dos cavalos na lama. Um destes cavalos estava ferrado e o outro não. Este estava montado por um índio, porque a pressão posterior é mais forte que a anterior. No cavalo ferrado montava um branco, porque a impressão é mais profunda nas patas dianteiras que traseiras. Suponho que conheça a diferença que existe na forma de montar de um índio e um branco, não?

E o homem voltou a concordar, balançando a cabeça, enquanto resmungava:

— E pelo que disse, o senhor também conhece essa diferença.

— Deixemos isso agora, e continue prestando atenção. Seis passos mais adiante os cavalos trocaram mordidas.

— Siga, siga, mas... como sabe que os cavalos se morderam?

— Primeiro por causa da posição dos cascos. O cavalo índio saltou por sobre o outro, como o senhor pode comprovar por estas pegadas mais profundas. E em segundo lugar, olhe para estes pêlos que levo na mão e que recolhi aqui antes de nos encontrarmos. Quatro são castanhos, que deve ter arrancado o potro índio de seu rival, e que logo cuspiu. Mais adiante encontrei estas cerdas largas e pretas, que são do rabo, e pela direção dos cascos, acho que aconteceu o seguinte: o cavalo índio mordeu o outro na crina, mas foi empurrado para trás por seu cavaleiro e logo para a frente, e foi ao passar que o outro cavalo conseguiu arrancar estas cerdas da cauda e as levou na boca uns poucos passos antes de deixá-las cair. Disto é que concluí que o cavalo do índio é preto e o branco estava montando um cavalo castanho.

O homem estava literalmente boquiaberto, e eu acrescentei:

— Aqui o branco desmontou para pegar a estrada. Suas pegadas ficaram bem impressas na areia do aterro. O senhor pode observar muito bem que um pé pisava com mais firmeza que o outro, sinal evidente de que coxeava.. Além disso, esses bandidos são extremamente imprudentes, pois nem se deram ao trabalho de apagar todos estes rastros, motivo pelo qual podemos deduzir que eles se acham muito seguros, por duas razões...

— Prossiga — me animou ele, quase humilhado.

— Ou estavam com uma pressa extrema em colocarem-se bem longe do local de seu crime terrível, ou tinham perto um grupo de apoio, assegurando-lhes a retirada. Isto é o que me parece mais provável. E por último, como três índios não costumam unir-se a tantos brancos sem precauções, presumo que em direção ao Norte, deve haver um núcleo poderoso de oguelalás, onde os desordeiros devem ter ido refugiar-se.

O homem não sabia o que dizer.

— O que acha disto tudo, amigo?

— O que acho?

— Sim.,

— Pois acho que o senhor estava debochando de mim ao nos encontrarmos.

— Eu?

— Sim... Deixou que eu acreditasse que era inexperiente e...

E com suas pernas curtas e rechonchudas afastou-se, falando consigo mesmo e soltando maldições.

Fred, o Gordo

Capítulo Primeiro

Dentro em pouco o gorducho regressava, montado em seu cavalo, um pangaré horrível, arruivado e de patas compridas, que me recordou muito a égua de meu bom amigo Sam Hawkens, que tempos atrás havia cavalgado comigo.

O homem nada me disse, limitando-se a tomar notas num papel, voltando a estudar todas as pegadas. Só quando terminou é que disse:

— Parece-me que logo poderei arrancar as orelhas de um tal de Haller, o chefe de uma feroz quadrilha. Um bandido da pior espécie, que leva muitos crimes em sua negra consciência. Parece que se embrenhou pelo Oeste com sua gente e estou disposto a segui-lo. E vou lhe dizer, se é que já não sabe, que o tal Haller manca do pé direito, o que me faz pensar que este assalto tenha sido obra dele.

— Está se referindo a Samuel Haller, o contador do rei do petróleo, Rallow, que fugiu com todo o dinheiro?

— Exatamente! Vejo que está bem informado!

— Eu leio os jornais de vez em quando, senhor... senhor... Como disse que se chama?

— Eu não disse. Mas já que o senhor não é nenhum novato, vou me apresentar. Já ouviu falar de Fred Walker?

— O gordo?

Ele sacudiu a redonda cabeça, mal-humorado, corrigindo-me:

— Bom... Essa coisa de gordo, confesso que não gosto, mas sou Fred Walker em pessoa.

— Muito prazer em conhecê-lo. Já ouvi falar muito no senhor.

— Bem ou mal? — indagou ele, visivelmente interessado.

— Isso depende.

— Depende? De que?

— De quem está falando do senhor. Se é um malfeitor, pode calcular que dirá horrores de Fred Walker, *o Gordo*. Se é uma pessoa de bem, um homem honrado, ele o colocará nas nuvens, dizendo que é um dos maiores homens do Oeste, e um excelente detetive particular.

— Sim, pertenço ao quadro de detetives particulares do doutor Sunter, de San Luis. Minha missão é seguir os rastros daqueles que fogem pelas pradarias, refugiando-se nas montanhas, para burlar a lei. Creia-me, meu trabalho não é coisa fácil, mas a ele dedico todas as minhas faculdades e energia. Já lhe explicarei, enquanto cavalgamos, toda a minha incumbência. Eu sou...

— Um momento — eu o interrompi. — Como sabe se não vou continuar no trem?

— Muito simples. O mais certo é que demorem dois dias para repararem estes trilhos estragados e o senhor não me parece um homem capaz de esperar tanto tempo para seguir viagem. Além disto, o senhor está morrendo de vontade de colocar seus olhos em cima destes canalhas que cometeram este crime.

— O senhor não está enganado, senhor Walker.

— Pode chamar-me de Fred, é mais curto e mais simples. E você, terá agora a bondade de dizer seu nome?

— Creio que já o disse duas vezes.

— Não me refiro a esse nome de Charley Müller, mas sim ao que usa normalmente.

— Por agora, pode chamar-me de Charley.

— Já estou vendo que não quer dizer seu nome. Muito bem, eu o chamarei de Charley.

— E já que o senhor decidiu por mim, terei que ir apanhar minhas coisas no trem. Direi ao chefe do comboio que iremos seguir as pegadas de Samuel Haller e...

— Não faça isso! — advertiu-me. — Quanto menos souberem, mais seguros estaremos.

Quando regressei com meu rifle de repetição, meu formidável mata-ursos e o resto de minha bagagem, Fred opinou:

— Está vendo no que dá viajar sem cavalo?

— Não demorarei a arranjar um. Com a ajuda do seu cavalo, conseguirei um nas montanhas.

— Acha mesmo que Victory irá deixar você colocar tanta coisa assim em seu lombo? Além disso, ela só consente que seu dono a monte.

— Isso eu gostaria de ver.

— Ora, ora! Não me diga que o senhor também é um excelente cavaleiro?

— Digamos que sou regular, nada além disso.

— Tem que ser mais do que isso, se pretende caçar um cavalo selvagem e domá-lo.

— Posso colocar minhas armas penduradas em sua sela, Fred?

— Um autêntico homem do Oeste nunca se separa de suas armas, Charley — ele me advertiu, com os olhos repletos de malícia, achando ter-me pego numa falta.

— Tenho meu revólver e além disso confio no senhor. Faça este feioso pangaré andar que eu o seguirei. Não se preocupe, tenho resistência para andar o quanto for necessário.

— Então, vamos embora.

Coloquei uma manta sobre os ombros e comecei a andar perto do cavaleiro, que não tardaria em ser um bom amigo meu. Naquele momento eu sabia que ele era o famoso detetive particular Fred Walker, *o Gordo*, e isso já era uma garantia.

Gostava daquele homem, apesar de seu aspecto extravagante e grotesco, porque dedicava sua vida e toda a sua experiência em defesa da lei. E se havia sido ele próprio a me convidar a acompanhá-lo, era sinal de que ele também havia simpatizado comigo.

Capítulo II

Estávamos cavalgando há dois dias, seguindo as pegadas dos bandidos quando, em uma das trocas de montaria que fazíamos, ao ceder-me o cavalo, Fred explodiu por fim:

— Não compreendo! Por mais que pense nisso... Não chego a compreender!

— Posso saber o que não compreende, Fred?

— Não compreendo que Victory não o tenha lançado por cima de suas orelhas!

— Já lhe disse que sou um cavaleiro regular e estes animais compreendem quando alguém sabe ou não dominá-los. Victory é inteligente e o compreendeu. Certo?

— Não, não está certo! Ninguém jamais conseguiu montar nele.

— Pois veja você, ele é dócil como um cordeirinho.

O terreno que percorríamos era agreste e selvagem. As pegadas dos bandidos seguiam paralelamente ao rio, por ser um terreno arenoso, as pegadas dos cavalos ficavam bem marcadas.

E foi quando dobramos uma curva do rio que Fred apontou, gritando:

— Um índio!

Montava um cavalo preto como azeviche e segurava outro pelo bridão. Ele também nos viu, e apeou velozmente do cavalo, escondendo-se atrás deles e apontando-nos uma arma. Foi tudo tão rápido que apenas pude distingui-lo e nossa confusão aumentou ao ver que ele disparava. A bala ricocheteou em uma pedra do rio, e me atirei ao chão para evitar ser alvo de um segundo disparo.

Eu já preparava meu rifle para responder à agressão, quando uma idéia absurda passou-me pela cabeça, fazendo com que abaixasse a arma.

Eu sei que, geralmente, para um homem que vive na cidade é muito difícil distinguir o disparo de dois rifles, mas a vida solitária das grandes pradarias e das montanhas aguça de tal modo os sentidos, que chega-se a reconhecer a "voz" de uma determinada arma entre outras tantas. E assim acontecem casos curiosos de companheiros que passam anos sem ver-se, acabam por reconhecer-se só pelo estampido de sua arma.

Foi isso precisamente o que me ocorreu naquela ocasião. A arma que havia disparado aquele índio tinha um som "especial", inesquecível. Era um estampido agudo e sonoro que fazia muito tempo eu não escutava, mas que agora acudia em minha memória com toda a clareza.

A figura de meu fiel amigo apache Winnetou formou-se em minha mente, ainda que a dúvida tenha me assaltado, pois também podia ter acontecido do famoso rifle de prata de Winnetou ter trocado de mãos.

Eu procurei certificar-me, e gritei com todas as minhas forças:

— *Toselkhita, chi chteke*! (Não atire, sou amigo!)

— *To tistsa ta ti. Ni peniyil* (Não sei quem é você, saia daí!) — respondeu-me a voz distante do índio.

— *Ni Winnetou, natan dris onté*? (Você é Winnetou, chefe dos apaches?)

A resposta afirmativa veio na forma do canto de uma cotovia, a quem eu respondi no mesmo instante imitando por três vezes o piar de uma coruja.

Não havia dúvida, era Winnetou!

Cheio de alegria, e sem temor algum, sai correndo em sua direção:

— Winnetou, meu irmão!
O chefe dos apaches saiu detrás dos cavalos:
— Meu irmão branco Charley!
Nós nos abraçamos comovidos. Eu gostava muito daquele homem, e o admirava com franqueza e lealdade, assim como ele sempre teve por mim um grande afeto. Fred Walker, surpreso, nos observava. Não conseguia compreender que eu, um simples escritor do Leste, pudesse dar tantas provas de amizade ao famosíssimo chefe dos apaches.

Boquiaberto, como fazia quando algo o enchia de perplexidade, viu que Winnetou estendia-lhe a mão, dizendo:

— Os amigos de meu irmão Charley são também amigos de Winnetou.

— Encantado! Eu...

— Este é Fred Walker... — e correndo o risco de irritá-lo, dei um sorriso, acrescentando: — Fred Walker, *o Gordo!*

— Detetive particular dos homens brancos, certo?

— Sim, eu... eu...

— Winnetou já ouviu falar de você.

— Por pouco não nos matamos. Por que disparou tão rápido? — perguntei a Winnetou.

— Não faz muito que uns bandidos rondavam por aqui. Vocês também se mostraram hostis, e Winnetou achou que eram eles.

— Menos mal que tenha reconhecido o estampido de seu rifle.

Vivamente interessado, sem esquecer de sua profissão, Fred interrompeu nossas brincadeiras.

— Disse que há pouco viu alguns bandidos por aqui? Devem ser aqueles que procuramos!

— São homens brancos, e também peles-vermelhas. Os filhos dos oguelalás, que são como os sapos. Quando se aliam com os caras-pálidas pode ter certeza que não é para nada de bom. Estes saíram de suas tendas para roubar e matar. Winnetou os esmagará com seus pés!

— O grande chefe dos apaches chegou a nós como um raio de sol na manhã gelada — disse eu, sabendo que meu amigo índio gostava daquela forma retórica de falar. — Venha conosco e ajustaremos contas com esses oguelalás traidores.

— Minha mão é sua mão e minha machadinha é sua. Howgh!

Nada poderia me ser mais grato que este oferecimento, pois tendo ao nosso lado semelhante aliado, nossas possibilidades de triunfo eram muitas. Assim, pois, encantados, aceitamos sua cooperação.

Improvisamos um acampamento junto às refrescantes águas do rio, e depois de fumarmos cerimoniosamente o cachimbo da paz com Winnetou, perguntei-lhe enquanto comíamos:

— Diga-me agora tudo o que aconteceu desde que nos separamos em San Francisco. Eu regressei à Europa e estive na Alemanha com a minha família. Mas, por que Winnetou encontra-se tão distante das tendas dos seus, nos limites dos sioux oguelalás?

— A tempestade lança a água das nuvens e o sol volta a levantá-la até elas. O mesmo ocorre na vida do homem. Os dias chegam e passam. O que Winnetou vai contar a seu irmão branco sobre os sóis que se desvaneceram? O chefe dos sioux dakotas ofendeu-me. Eu o persegui e tirei seu escalpo. Seus guerreiros me perseguiram, mas eu apaguei minhas pegadas e, regressando às suas tendas, apoderei-me do sinal de minha vitória, que coloquei sobre o cavalo de seu chefe.

Com tão poucas e simples palavras, aquele índio relatava uma façanha cuja narração qualquer outra pessoa teria feito em horas. Eu sabia que esta brevidade era característica de Winnetou, que jamais estendia-se a contar todas as proezas levadas a término por ele. Desde as margens do rio Grande do Sul até as margens do Milk River, havia perseguido seus inimigos e os havia vencido sempre. O nome de Winnetou havia chegado até o Leste e mesmo em Washington muitos generais falavam do grande chefe apache que mesmo não guerreando contra os homens brancos, nem por isso deixava que sua tribo sofresse qualquer tipo de humilhação na assinatura dos tratados.

Como já era tarde e falando sobre muitas coisas deixamos o tempo passar, nós decidimos que no dia seguinte iniciaríamos nossa busca pelas pegadas dos bandidos. Assim, ajudei Winnetou a ocultar o butim de seu inimigo vencido, e ele ofereceu-me o cavalo do chefe sioux.

Aquela noite conversamos até muito tarde, enquanto Fred Walker dormia tranqüilamente.

Os Oguelalás

Capítulo Primeiro

Na manhã seguinte empreendemos nossa jornada, e com poucas milhas já havia comprovado que o animal com o qual Winnetou havia me presenteado era um excelente animal. Um cavaleiro que não soubesse montar como os peles-vermelhas não teria conseguido manter-se sobre o lombo do animal, mas comprovei o quanto ele era dócil ao montá-lo à maneira índia.

Chegamos ao meio-dia ao último acampamento dos bandidos, seguindo as pegadas que se afastavam do riacho para atravessar um longo vale lateral, regado por outro arroio sinuoso. Observei que, ao chegarmos nesta zona, Winnetou não despregava os olhos do chão, até que finalmente se deteve.

— O que meu irmão branco acha deste caminho?

— Não vejo nada de particular. Creio que conduz às montanhas.

— E o que mais?

— Quer dizer que aqui está o final do caminho dos bandidos?

— Sim, porque logo à frente está o acampamento dos oguelalás.

Aproximando-se de nós, Fred protestou:

— Não entendo nada do que estão murmurando. Diga-me de uma vez, Charley. Como é que podem ler o chão assim, como se fosse um livro?

— É quase isso, Fred. Recorda quando lhe perguntei se achava ser possível que três índios sozinhos se unissem a um tão grande número de brancos, sem ter um motivo especial para fazer isso?

— Sim, eu me recordo. E daí?

— Pois agora a coisa se explica. Os três oguelalás acompanharam os bandidos na qualidade de vigilantes.

— Por que e para que, pode dizer-me?

— Você acha que estes safados poderiam ter percorrido este território sem que os oguelalás ficassem sabendo?

— Claro que não.

— O que acontece aos brancos então?

— São obrigados a colocarem-se sob sua proteção.

— E pensa que os oguelalás oferecem proteção sem nada cobrar?

— Não, eles teriam que pagar por este favor.

— E tratando-se de bandidos, como poderiam pagar?

— Com a única moeda que possuem, o produto de seu crime.

— Então, já que você é detetive, tire uma conclusão disto tudo!

— Já estou entendendo! Esses brancos assaltaram o trem para pagarem o favor que devem aos oguelalás por terem deixado que eles rondassem este território, e os três índios iam como testemunha e vigilância. Não é isso, Charley?

— Pode ser que sim, pode ser que não. Mas a única coisa que podemos ter certeza é de que nossos "dignos" irmãos de raça vão juntar-se com um bom número de oguelalás. Winnetou disse que por trás desta colina há uma colônia oguelalá.

Rodeamos as colinas com extremo cuidado. Ao chegarmos a um barranco, as pegadas tornaram-se mais visíveis. Devíamos aumentar ainda mais nossas precauções e assim o fizemos. Não escalamos nenhum monte até o anoitecer para que nossas silhuetas passassem mais desapercebidas.

Mas Winnetou voltou a parar seu cavalo, levantou uma das mãos e nos mostrou um ponto distante. Lá longe estendia-se uma pequena planície, aberta por todos os lados e coberta de grama. Nela levantava-se um grande número de tendas, entre as quais parecia reinar uma grande animação. Os cavalos pastavam em liberdade e muitos homens trançavam daqui para lá parecendo atarefados.

Haviam caçado, pois viam-se no chão muitos esqueletos de búfalos, e em cordas estendidas pelo acampamento grandes pedaços de carne estavam pendurados para secarem.

— Os oguelalás! — disse Fred.

— Trinta e três tendas — contei.

— Duzentos guerreiros — disse Winnetou.

Os brancos estavam com eles. Havia, além disso, duzentos e cinco cavalos. Tratava-se, pois, o mais certo, de uma expedição, já que se fosse somente uma caçada, eles provavelmente não teriam levado os escudos, que seriam um estorvo na caçada.

A tenda maior estava um pouco afastada das demais e adornada com penas de águia no alto, o que indicava que ali vivia o cacique daqueles peles-vermelhas. Depois de observar tudo atentamente, voltei-me para Winnetou.

— O que acha disto?

— Que estão se preparando para partir.

— Como sabe? — perguntou-me inquieto Fred.

— Olhe para os esqueletos desses búfalos e verá que os ossos já estão esbranquiçados, sinal de que já estão ali há quatro ou cinco dias. Isso indica também que falta pouco para a carne estar seca. Não concorda, Fred?

— Sim, sim... Tem razão.

— Quando tudo estiver pronto, partirão.

Dei minhas explicações por encerradas. Peguei meus binóculos e os foquei no acampamento. Dominava o panorama muito melhor desta forma. Passei o binóculo para Winnetou, que pôde ver um de seus inimigos saindo da tenda.

— Uf! Ko-itse! O mentiroso traidor. Winnetou afundará sua machadinha em seu crânio.

Ko-itse significa "Boca de Fogo". O dono de tal nome era conhecido em todos aqueles territórios como orador eloqüente, guerreiro de grande impulso e inimigo irreconciliável dos brancos. Em poucas palavras, era um inimigo terrível.

Passei o binóculo para Fred Walker.

— Convém dar uma olhada neste índio, Fred.

— Sim?

— Sim. Este é Ko-itse. Suponho que já tenha ouvido falar dele.

— Sim, sim, Charley. Mas onde está indo seu amigo Winnetou?

— Não sei. Deve estar dando uma olhada no acampamento.

Pouco depois vimos Winnetou nos fazendo sinal para que o seguíssemos. Assim o fizemos e ele nos levou a um lugar onde a vegetação era tão espessa que resultava quase impenetrável. Ali nos ocultamos, e nos estendemos sobre a grama, dispostos a descansar. Enquanto eu preparava algo para comer e Fred cuidava dos animais, Winnetou saiu para apagar nossas pegadas. Ao regressar, deitou-se para descansar. Aquele era um lugar seguro e não havia necessidade de se montar guarda.

Mas, passada uma hora, Winnetou levantou-se de um pulo e disse:

— Winnetou irá vigiá-los.

— Eu vou acompanhá-lo. Fred cuidará dos cavalos.

Fred nem protestou. Com um gesto nos desejou boa sorte. Tanto ele como nós sabíamos que, se os oguelalás nos descobrissem, poderíamos nos dar por perdidos.

Capítulo II

Deslizamos morro abaixo, Winnetou pela direita, eu pela esquerda. Nos arrastamos pelo chão como cobras, driblando arbustos, rochas e pedregulhos até chegarmos ao vale.

Com a faca entre os dentes dirigi-me até a tenda do chefe. A uns duzentos metros ardia uma grande fogueira. A sombra que projetava a tenda me protegia e, centímetro a centímetro, continuei arrastando-me até o grupo de homens sentados ao redor do fogo. Eles falavam animadamente em inglês, eram cinco brancos e três índios, os quais se mantinham calados, pois só o homem branco levanta a voz em plena natureza e de noite, enquanto os peles-vermelhas, mais precavidos e reservados, falavam mais com gestos do que com palavras.

Fixei-me em um dos homens brancos, o mais alto e barbudo e com a fronte marcada por uma cicatriz. Parecia ser o chefe, o que todos os demais escutavam com atenção. Suas palavras chegaram até mim.

— ... E o faremos e em paz.

Logo um dos índios perguntou:

— Qual a distância daqui até Echo-Cannon?

— Umas cem milhas.

— Bem, conseguiremos fazer a viagem em três etapas.

— Mas... E se nossos cálculos estiverem errados? E se não pensaram em nos perseguir e encontrarmos todo o pessoal nessa estação?

— Não diga estupidez! Claro que saíram em nossa perseguição! Fizemos um bom trabalho com o trem. Além disso, não deixamos nossas pegadas bem claras? Pois eles as seguirão! Esse assalto resultou em trinta vítimas e a perda de muito dinheiro.

— Admitamos que seus planos estão corretos. Eles saem em nossa busca, então nós, aproveitando que há

menos vigilância ali, caímos sobre Echo-Cannon. Mas, quantos homens acha que eles deixaram, Rollins?

— Normalmente há uns centos e cinqüenta bem armados para guardarem os depósitos, cantinas e armazéns de víveres. Não creio que ante o perigo que representamos, deixem muita gente. Assim não será muito difícil atacarmos. Não se esqueçam que ali se pagam todos os empregados da ferrovia deste território, entre Green-River e Promontory. Devem ter ali, bem guardados, um bons milhares de dólares.

— Eu não falo mais nada então! Quando sairemos, Rollins?

— Ao amanhecer. Primeiros iremos para o Norte, logo nos dividiremos em três grupos, isso os despistará, e em Greenfork nos reuniremos todos. Antes de quatro dias já teremos caído sobre essa bonita presa de Echo-Cannon.

— Por que não enviamos alguém na frente?

— Já o faremos!

Assim, pois, minha excursão noturna havia me dado excelentes resultados. Calculei que já sabia bastante, motivo pelo qual fui retrocedendo lentamente. Demorei mais de meia hora para regressar. Uma vez no vale, levei ambas as mãos à boca e imitei o coaxar de um sapo verde, sinal combinado com Winnetou.

Quando voltamos a estar os três reunidos em nosso improvisado refúgio, Fred Walker nos perguntou:

— Já viram os índios?

— E os brancos também, Fred. Pensam em atacar a estação de Echo-Cannon e confiam em encontrá-la sem guarnição.

— Pois eles estão enganados. Ali há mais de cinqüenta homens bem armados.

— Eles planejaram tudo muito bem.

E ponto por ponto fui explicando a nosso amigo tudo o que havia escutado no acampamento índio.

— Temos que avisar aos homens de Echo-Cannon!
— Claro, Fred.
— Como é este barbudo com a cicatriz, Charley?
— Alto, ombros largos, mãos enormes e...
— É exatamente quem eu estou procurando! Só que agora deixou crescer a barba. Essa cicatriz ele "ganhou" no assalto a uma fazenda em Leavenworth. Disse que seus companheiros o chamam agora de Rollins, não é?
— Exatamente. Acha que este é Samuel Haller?
— Claro! Esse é o quarto nome falso que utiliza, mas asseguro-lhes que assim que o tiver sob minha mira, ele não poderá usar nem o seu nome verdadeiro. Vou deixá-lo "seco".

Ele disse isso com tanta raiva e fúria, que achei conveniente adverti-lo:

— Quero que saiba uma coisa, amigo Fred, em todas as minhas andanças sempre tive o extremo cuidado de não derramar sangue humano. Só em casos extremos e em legítima defesa. Prefiro inutilizar meus inimigos, a tirar-lhes a vida com minhas próprias mãos. Espero que saiba compreender minha posição e meu critério.

— Eu compreendo, Charley, e respeito o que disse. Certamente o famoso Mão-de-Ferro também age assim. Quando tem diante de si seu pior inimigo, contenta-se em feri-lo. E olhe que ele nunca erra um disparo!

Notei que Winnetou nos olhava divertido, ao perceber que Walker, o Gordo, ainda ignorava o fato de ser eu o próprio Mão-de-Ferro.

Continuei explicando meu plano:

— Não acredite que vou permitir que esses canalhas sigam aprontando das suas. Entregaremos todo o bando à justiça.

— Estou de acordo, Charley. O que faremos agora, já que sabemos seus planos?

— Tomaremos a dianteira!

Não se falou mais do assunto, e em seguida nos pusemos em marcha. Aquela noite não poderíamos descansar. Reinava a mais completa escuridão e parecia quase impossível orientar-se; mas em tais ocasiões, Winnetou mostrava sua grande intuição e nem uma só vez o vimos titubear à respeito da direção que devíamos seguir.

Quando começou a amanhecer nos encontrávamos a umas dez milhas do acampamento dos oguelalás e pudemos colocar nossos cavalos em acelerado galope, sem medo de que seus batedores nos descobrissem. Também deixei algumas notas cravadas nas árvores, avisando do que podia ocorrer em Echo-Cannon, para o caso de alguém passar por ali.

E depois de um breve descanso, prosseguimos rumo ao sudoeste.

EM ECHO-CANNON

Capítulo Primeiro

Chegamos ao fim de nossa longa viagem a Echo-Cannon, cansados de tanto cavalgarmos. A ferrovia passava por ali, mas a estrada era ainda provisória, já que para sua construção definitiva existiam tantos obstáculos, que eram necessários vários trabalhadores e não poucos meses de duro trabalho.
Entramos no vale por meio de um pequeno arroio, onde encontramos os primeiros trabalhadores ocupados em explodirem as rochas com ajuda de explosivos e picaretas. Nossa aparição os surpreendeu, e não era de se estranhar, pois éramos dois brancos e um índio, os três bem armados e avançando decididamente sobre eles.
Um dos trabalhadores soltou a picareta e agachou-se, empunhando seu rifle, mas eu me lancei a galope, gritando:
— Não temam! Abaixem as armas! Somos amigos!
O homem do rifle nem por isso deixou de mirar-me, perguntando quando nos aproximamos mais:
— Quem são vocês?
— Caçadores que trazem notícias de grande importância. Quem é o chefe em Echo-Cannon?
— O engenheiro-chefe, senhor Rudge, mas como ele está ausente, terão que falar com o senhor Ohlers, o contador.
— Aonde foi o engenheiro?
— Saiu em perseguição de alguns desordeiros, que não faz muito tempo assaltaram um trem.

— Por favor, amigos, é urgente que falemos o quanto antes com o senhor Ohlers. Onde posso encontrá-lo?
— Mas... O que está acontecendo? — quis saber o mesmo homem.
— Já ficarão sabendo. Agora não podemos perder mais tempo.
— Encontrará o senhor Ohlers logo ali, na maior cabana do acampamento.

De longe fiz sinal a meus companheiros para que me seguissem. Em poucos minutos chegamos ao acampamento, que não era outra coisa senão umas poucas casas de madeira, construídas com grossos troncos de árvores, sendo por isso muito resistentes. Tudo estava rodeado por uma cerca feita de pedra. Chegamos até as cabanas e perguntei a um trabalhador que por ali estava onde podíamos encontrar o senhor Ohlers.

— Ele está ali — nos disse o homem, indicando a maior cabana.

Desmontamos e entramos na casa, composta de um só aposento, repleto de caixas, barricas e sacos, sinal de que era destinada ao depósito de víveres. Entre os vultos descobrimos um homenzinho, que ao nos ver, caminhou em nossa direção.

— O que desejam? — perguntou.

No mesmo instante seus olhos cravaram-se em Winnetou e ele retrocedeu, aterrado.

— Um índio! Deus nos ajude!
— Não se assuste — tentei tranquilizá-lo. — O senhor é Ohlers, o contador?
— Ele mesmo! — confirmou, arrumando os óculos.
— Na realidade, precisávamos falar com o engenheiro chefe, o senhor Rudge, mas já que ele não está, teremos que informar ao senhor as importantes notícias que trazemos.
— Notícias? De onde? Quem são vocês? O que este índio faz aqui? Acham mesmo que vou permitir que um selvagem...?

— Você faz demasiadas perguntas e não há tempo para respondê-las — eu o interrompi, algo mal-humorado, por conta de sua atitude com Winnetou. — Sabemos que o engenheiro chefe saiu em perseguição a um bando de desordeiros e isso é a pior coisa que ele podia ter feito.

— Ah, sim?

— Sim. Quantas pessoas ele levou?

— Por que quer saber? Não tenho que dar-lhe nenhuma informação, ainda mais para quem se apresenta aqui ao lado de um índio e...

— Escute o que tenho a dizer, senhor Ohlers! Este índio que tanto parece assustá-lo não é um selvagem, como disse. Trata-se de Winnetou, o chefe dos apaches. E só estamos tentando ajudá-los. Compreende?

Eu havia começado a levantar a voz e isto terminou de assustar o homem. Deu um salto e nos deixou perplexos ao vermos que ele saía correndo da cabana, fechando a porta atrás de si. Um segundo depois escutamos o ruído de uma grossa barra e o ruído de um ferrolho. Ele nos havia trancado!

Quando me voltei para meus companheiros, Winnetou, sempre grave e com expressão séria, estava rindo, enquanto Fred Walker estava vermelho pelo esforço de se conter. Ao vê-lo, eu soltei uma sonora gargalhada, divertido com o que havia nos feito aquele homem, que dizia ser o contador Ohlers.

— Vocês viram? — interrompeu-me Walker. — Este homem nos tomou por malandros!

— Menos mal que não morreremos de fome, amigo Fred. Por onde acha que devemos começar? O que você gosta mais? Queijo, carne defumada, toucinho, café, chá, ou...?

Ele não pôde me responder, já que naquele momento soou um agudo apito de alarme no acampamento. Nós três corremos até uma das janelas fortemente gradeadas para ver o que estava acontecendo lá fora. Os trabalhadores apareciam correndo de todas as partes. De onde estávamos, pudemos contar dezesseis, que logo rodearam Ohlers, escutando suas secas instruções. Em um instante todos os homens desapareceram dentro das barracas, saindo pouco depois bem armados.

— Creio que eles vão nos atacar — disse Fred.

— E vão nos executar, senhor Fred Walker. Nos tomaram por bandidos.

— Acha isso mesmo, Charley? Então... O que iremos fazer?

— Fumar um cigarro — repliquei tranqüilamente.

Peguei minha cigarreira e ofereci cigarro a meus companheiros. Mas Winnetou nem se dignou a me olhar. Parecia refletir enquanto, do exterior, nos chegava a voz do contador Ohlers.

— Vamos abrir a porta, malandros. Mas se tentarem escapar ou disparar, morrerão na hora.

A porta abriu-se devagarzinho e Ohlers entrou cheio de receios no armazém, seguido pelos trabalhadores. No mesmo instante eles correram, tomando posição atrás dos barris de manteiga e das caixas de víveres.

— Quem são vocês, safados?

— Quanto disparate, bom homem — gritei. — Saia de seu esconderijo e nada tema. Já dissemos que somos amigos!

— Não vamos receber ordens suas! Diga logo quem são vocês!

— Caçadores, exploradores... E um índio! — gritou Fred Walker.

— Quieto aí! — gritou o contador, ao ver que eu avançava. — Não se mova ou eu atiro.

No centro, com Winnetou à minha direita e Fred Walker à minha esquerda, não estava mais disposto a agüentar aquela situação, e anunciei, algo aborrecido:

— Vamos sair! E quero ver se irão nos impedir! Vamos, amigos!

E começamos a caminhar em direção à porta, que sabíamos estar bem guardada...

Capítulo II

Levava um revólver em cada mão, e seguido pelos meus companheiros, continuei em direção à saída.

Meio minuto depois desta nossa arriscada operação, vimos o contador sair correndo, e todos os seus homens, que não nos perdiam de vista.

Lá fora, os trabalhadores abriram espaço para nos deixar passar, sem tentarem impedir nossa retirada. Isto me fez pensar que, com semelhantes "heróis", o ataque dos oguelalás e dos ferozes bandidos seria bem fácil, resultando numa vitória esmagadora para eles.

Voltei-me então, encarando todos aqueles trabalhadores, e falei em tom autoritário:

— Querem começar a agir sensatamente, amigos? Repito que viemos avisá-los de um ataque sioux. Se vocês me escutarem por apenas alguns minutos, nós os colocaremos a par de tudo o que está para acontecer.

E então, em breves palavras eu expliquei o que sabíamos. Ohlers mudou radicalmente de atitude, e só fazia nos pedir desculpas, até finalmente acalmar-se.

— Que imbecil eu fui! Peço-lhes mil desculpas. Agora recordo que nos disseram que no local do descarrilhamento haviam ficado em terra dois viajantes com o objetivo de achar os bandidos. Bom... agora sei que este..., esse "cavalheiro" é nada mais, nada menos que o famoso Winnetou, o grande chefe de todos os apaches. Também peço-lhe mil desculpas e eu...

— *Howgh!* — exclamou secamente Winnetou.

— O que aconteceu? Está aborrecido comigo? Eu...

— Não se preocupe, ele está somente querendo nos dizer que chega de conversa inútil — disse. — que precisamos agora é tomarmos nossas medidas para nos defendermos. O senhor está me entendendo, senhor Ohlers?
— Oh, sim, claro! O senhor tem toda razão, senhor Müller!
— Calculo que as mensagens que deixamos no caminho devam ter sido encontradas por alguém, quem sabe até mesmo os homens que saíram daqui, e que talvez estejam já regressando!
— E se isto não aconteceu? — objetou o contador, cheio de medo.
— Quantos homens no total o senhor tem aqui? Só estes dezesseis "valentes"?
Ao dizer esta palavra, um dos trabalhadores replicou:
— Não nos tome por covardes, senhor Müller, somos trabalhadores, não pistoleiros. Quando se dispuseram a sair, acha que o melhor seria tê-los impedido pela força?
— Esqueçamos disso agora. Fiz uma pergunta.
— Só tenho quarenta homens — voltou a dizer Ohlers. — O resto está trabalhando nas barracas, preparando os trilhos, consertando ferramentas... Temos outros homens ao longo da ferrovia, mas receio que nem se estivéssemos todos juntos conseguiríamos resistir muito aqui. Por que não abandonamos a estação?
— Não diga bobagens. Como justificaria sua covardia perante seus superiores?
— Bom, talvez nos expulsassem da companhia!... Mas é melhor continuar vivendo, não acha senhor Müller?
— É claro que sim. Quantos homens estão com o engenheiro-chefe?
— Cem. Os melhores atiradores.
— Diga-me, qual é a estação mais próxima daqui?

— Promontory. Lá temos cerca de trezentos trabalhadores.
— Telegrafe para que mande logo cem homens bem armados. Os índios oguelalás são mais de duzentos.
— Sim! Faremos isso! É uma idéia excelente! Mas o senhor disse que estes sanguinários selvagens são mais de duzentos?
— Sim, e isso sem contar os brancos, que são piores que os oguelalás.
— Santo Deus! Estamos perdidos!
— Não, se não perder tanto tempo lamentando-se! Promontory está distante quantas milhas daqui?
— Noventa.
— Sabe se eles dispõem de máquina e vagões?
— Em Promontory há sempre material disponível. Eu já disse que esta região é a mais importante.
— Perfeito. Telegrafe agora mesmo e eles poderão estar aqui antes que amanheça. Calculo que amanhã à tarde os batedores oguelalás já estarão rondando o acampamento. Temos, pois, tempo para nos prepararmos. Chame também todos os seus trabalhadores, para que levantem as cercas pelo menos em mais uns três pés. Os homens de Promontory os ajudarão quando chegarem. É preciso que os índios não possam ver o que está acontecendo aqui dentro, nem de quantas pessoas dispomos!
— Eles verão, do alto da montanha! — objetou Fred Walker.
— Não, se estiverem escondidos dentro das barracas, bem ocultos.
Voltei-me novamente para Ohlers, que acatava todas as ordens sem protestar.
— Acho que isto é tudo! — eu disse.
— Vou telegrafar agora mesmo!
— Faça isso logo! E prepare-nos um bom jantar! Estamos famintos!

Capítulo III

Depois de comermos, Winnetou, Walker e eu fomos dar uma volta pelos arredores, para ver se descobríamos algum escuta índio que, certamente os oguelalás mandariam à frente antes de iniciarem o ataque.

Havíamos nos encarregado deste serviço tão delicado e arriscado, porque ali não havia ninguém em quem pudéssemos confiar além de nós mesmos. Nenhum daqueles trabalhadores, mais acostumados a empunharem picaretas e pás que armas, era apto para tais coisas.

Era melhor que nos separássemos e cada um tomou uma direção, pondo-nos de acordo que, quando algum de nós três regressasse ao acampamento com notícias, explodiria um pouco de pólvora para avisar aos demais. Eu dirigi-me para o oeste, Winnetou para o centro e Fred Walker foi para o leste.

Depois de uma hora cheguei a um lugar que me pareceu excelente para meu objetivo. Na parte mais elevada de um bosque levantava-se um carvalho gigantesco, excelente ponto de observação para abarcar grande parte do terreno. Subi até o galho mais alto, não sem ter quer colocar a prova toda minha força e destreza naquela difícil escalada. A folhagem servia-me de esconderijo, e ali me agachei como um esquilo, sem deixar de observar o terreno.

Passaram-se horas e horas sem que nada ocorresse. Foi quando, de repente, em direção ao norte, vi levantar-se de entre as árvores um bando de gralhas. Aquilo podia ser um acaso, mas aquelas aves não empreenderam o vôo em coluna cerrada, como fazem ao tomar uma direção fixa, e sim dispersaram-se no ar, assustadas e vacilantes. Pouco depois as gralhas tornaram a pousar, com muitas precauções, nas árvores próximas aonde eu me encontrava, o que me confirmou a impressão de que elas haviam sido espantadas de seu lugar.

Quando dentro em pouco o mesmo fato se repetiu, eu não tive mais dúvidas. Algum perigo estava se aproximando, e vinha em linha reta em direção ao grande carvalho. Decidi descer porque, certamente, os batedores oguelalás também escolheriam esta árvore para observar o terreno. Efetivamente, seis índios se dirigiam para o carvalho, com uma agilidade surpreendente. Do meu novo esconderijo eu os estive observando pelo espaço de alguns minutos, depois me retirei sigilosamente quando comprovei que os planos de Samuel Haller, que agora se fazia passar por Rollins, continuavam de pé.

Antes de chegar à ferrovia, dei uma grande volta, encontrando-me com Winnetou que também regressava ao acampamento. Perguntei-lhe se ele havia descoberto algo e ele negou, quis saber então porque ele estava já regressando, e Winnetou respondeu-me em sua maneira habitual:

— Winnetou regressa, porque já era inútil a espera.

— Como inútil? O que quer dizer?

— Quero dizer que meu irmão branco teve mais sorte que eu.

— Como sabe?

— Meu irmão branco espreitava de uma grande árvore e viu uns pontos negros no céu. Eram gralhas, espantadas pelos oguelalás. Meu irmão Charley observaria isso, já que Winnetou, tão longe, conseguiu ver isso também. Por isso resolvi que o chefe dos apaches já não precisava mais esperar, pois você já sabia o que queríamos saber.

Ao entrarmos no recinto, um homem que não conhecíamos veio nos receber, saudando-nos amavelmente.

— Minha gente já está preparada. Suponho que os senhores saibam quem eu sou. Chamo-me Rudge e como engenheiro-chefe tenho o grau de coronel. Quero agradecer por tudo o que fizeram e estão fazendo por nós.

Eu o olhei desconfiado.

— Como regressou tão prontamente de sua expedição de caça aos bandidos, coronel? Não tinha saído atrás das pegadas dos desordeiros que atacaram o último trem?

— Com efeito, mas um de meus homens leu sua nota, cravada numa árvore. Avisou-nos em seguida e rapidamente regressamos para aqui. Também já chegaram nossos companheiros de Promontory. Agora somos uns duzentos e cinqüenta, prontos para enfrentarmos os oguelalás.

— Não são só os índios que planejam o ataque, coronel.

— Eu sei. Também castigaremos estes bandidos!!

Durante o tempo em que havíamos estado ausentes, havia-se trabalhado duramente. Estacadas haviam sido cravadas no interior da cerca de pedra, apoiando-se nelas grossas tábuas para que os homens pudessem disparar pelas estreitas seteiras abertas entre as pedras, como se aquilo fosse a defesa de um forte militar.

O coronel-engenheiro Rudge nos convidou para sua mesa, coisa que fizemos assim que Fred Walker regressou, depois de escutar o estampido da pólvora. Isto não podia alarmar aos batedores oguelalás, porque era um barulho freqüente nas frentes de trabalho da linha férrea.

Tudo devia parecer normal ali e, no entanto, era como se um barril de pólvora estivesse pronto a explodir.

Durante a sobremesa, o coronel Rudge me perguntou:

— Quando acha que atacarão?

— Amanhã à noite. Os batedores sempre levam uma boa dianteira, para o caso de ser necessária uma mudança de planos.

— Quer dizer que ainda temos todo um dia e parte da tarde de hoje.

— É o que calculo, coronel.

Capítulo IV

Ao cair da noite os trabalhadores continuaram o trabalho de fortificar a estação. O coronel Rudge era um homem esperto, muito diferente do inútil e medroso contador Ohlers, que decidiu não sair do armazém, desculpando-se com o muito trabalho que tinha ali.

A noite passou, e o dia seguinte, sem que nada de anormal acontecesse. O engenheiro e eu mantivemos longas conversas, onde cada um relatou suas experiências mais interessantes.

Era lua nova e as sombras desciam sobre os altos desfiladeiros que rodeavam o vale. Mais tarde começaram a brilhar as estrelas, enfeitando o céu, com tanta claridade, que ao redor do acampamento uma larga faixa luminosa nos permitia distinguir perfeitamente o terreno.

Todos os trabalhadores foram armados com carabinas e facas, ainda que muitos deles já tivessem fuzis e revólveres. Sabíamos que os índios atacam ao amanhecer, por isso muitos descansavam, e só havia um número reduzido de sentinelas.

No exterior daquele amplo recinto de pedras reinava uma calma absoluta, profunda, um silêncio enganador. Quando chegou a meia-noite, mandamos os trabalhadores ocuparem seus postos, deixando trinta homens cuidando dos cavalos, que estavam em um lugar oculto e protegido das balas.

Eu me coloquei ao lado de meu fiel amigo Winnetou no portão, com meu rifle de repetição preparado. Deixamos o tempo passar, e parecia que ele escorria lentamente, fazendo até que pensássemos que nosso alarme fora infundado.

Mas de repente, rompendo a monotonia do silêncio, ouvimos um levíssimo ruído, como se uma pedra tivesse rolado sobre os trilhos da ferrovia. Este barulho quase imperceptível poderia ser tomado por um sussurro da brisa...

Mas eu sabia que eram eles!

Junto a mim, Winnetou também os pressentiu. Fomos transmitindo o alarme de um homem para outro, no silêncio mais absoluto. Queríamos contar também com o fator surpresa.

Sombras fantásticas e fugazes, tornadas maiores pela tênue claridade da noite, começaram a mover-se à esquerda, também sem fazer nenhum ruído. Estavam formando uma frente até cercar todo o acampamento.

O ar estava pesado. Sabíamos que o combate logo começaria.

Era hora de vencer ou morrer.

Aquelas sombras foram aproximando-se cautelosamente, até que detiveram-se, ao escutar uma voz que gritou em apache, estremecendo a todos:

— *Selkhi oguelalá! Ntsagué sisi Winnetou, natan apaches! Chué ko!* (Morte aos oguelalás! Aqui está Winnetou, o chefe apache! Fogo!)

O Monte Hancock

Capítulo Primeiro

Winnetou abriu fogo com seu rifle de prata, e, a seu disparo, respondeu uma carga cerrada de todos os homens que já esperavam ansiosos a luta. Recordo que eu me contive para ver o efeito de tão formidável descarga. O chumbo das armas caía sobre nossos inimigos como um raio destruidor. Depois, pelo espaço de um minuto voltou a reinar um profundo silêncio, interrompido então por um uivo terrível. Era o sinal dos índios que, loucos de fúria por haverem sido descobertos e surpreendidos, lançaram-se sobre nós enlouquecidos.

— Fogo! — gritou a voz do coronel Rudge.

As armas começaram a troar novamente, mas agora de forma mais desordenada. Era preciso deter nossos inimigos. Cada um era, pois, dono de sua própria iniciativa. Uma batalha contra os índios é sempre diferente. Não é um exército contra o outro, mantendo cada um suas posições. Os peles-vermelhas confiam em sua destreza pessoal e para eles, a glória está em morrer esfaqueando seus inimigos ou partindo-lhes a cabeça com o golpe de suas machadinhas. Preferem a faca e a machadinha às armas de fogo, que são conhecidas por eles há pouco tempo. Intuí, pois, suas intenções. Eles queriam a luta corpo-a-corpo.

Ia já lançar-me fora de nossa fortaleza e seguir Winnetou, quando senti que alguém me segurava pelo braço. Voltei-me, dando de cara com Fred Walker.

— Não faça essa loucura! O senhor é um homem

que vale muito, para que seja pisoteado por toda esta gente. Isso será como a passagem de mil búfalos em meio minuto.

— Solte-me, Fred! Solte-me! Temos que ajudá-los!

— Já fez o bastante, Charley! Não quero perder um amigo como você!

Naqueles instantes, trágicos e únicos, sem nos darmos conta, estávamos nos conhecendo melhor. Alguém já disse que o perigo une os homens, e eu posso dizer que isto é uma grande verdade. Ele une ou separa para sempre.

Não gostava da atitude de meu amigo, mas ele tentou convencer-me:

— Há mais, Charley, você é um homem que já viveu nos países do Leste, e participar desta carnificina poderia estragar seu juízo. Compreende? Aí embaixo não há mais remédio senão matar ou morrer. E eu sei que você não gosta disso...

Enquanto falávamos, os índios, depois da primeira descarga, tiveram que retroceder ante a fúria daqueles trabalhadores da ferrovia que, de certa forma, estavam vingando todos os seus companheiros tão covardemente assassinados, como havia acontecido no último assalto de trem, onde trinta deles haviam perdido a vida.

A debandada generalizou-se, e em poucos minutos ardiam grandes fogueiras fora do acampamento, e nós pudemos ver a espantosa quantidade de mortos. Não quis ver aquele espetáculo desagradável e retirei-me para a casa do engenheiro-coronel. Pouco depois entrou Winnetou.

Estranhei ao vê-lo ali, já que conhecia seus costumes:

— Meu irmão vermelho já está de volta? Onde estão os escalpos de seus inimigos vencidos? Os sioux-oguelalás podem te oferecer lindas cabeleiras.

— Winnetou não voltará a escalpelar ninguém. Sei que meu irmão branco não gosta deste costume e cada dia mais compreendo que é um costume próprio dos selvagens.

— É quase um ato de covardia, Winnetou. Nunca disse nada sobre isso, porque você é índio e a boa amizade exige que se respeitem os costumes, mas me alegra enormemente que você, por si próprio, comece a compreender a iniqüidade desta ação.

Levantei-me e dei-lhe um forte abraço, que ele me devolveu, dizendo-me ao nos separarmos:

— Só disparou oito vezes e suas balas buscaram os homens brancos que lançaram os oguelalás a esta insensatez.

— Assim foi, Winnetou.

— Eu também os buscava, mas vi que meu irmão branco os apontava com seu rifle mágico e os esqueci.

— Meu rifle não é mágico, Winnetou, só tem a vantagem de poder disparar vinte vezes antes de precisar recarregá-lo.

— Vinte balas que só dirige às pernas dos homens.

Fiquei surpreso.

— Como? Também sabe que só... só...?

— Estão feridos e os oitos estão ali fora, presos.

— Vi que queriam fugir e...

Nosso diálogo foi interrompido com a chegada de Fred Walker, que entrou correndo, visivelmente alterado.

— Venham, amigos! Ele já é nosso! O temos ali!

— Quem, Fred?

— Samuel Haller!

— Finalmente o caçou!

— Ora, ora! Pelo visto só está ferido e não conseguiu escapar. É impressionante! Ali estão oito desordeiros, todos feridos no mesmo lugar, no quadril, de modo que caíram no chão e não conseguiram fugir.

— Ora, se não é mesmo impressionante! — disse, sem fazer caso do olhar de Winnetou.

— São uns covardes. Incitaram os índios a isto e depois, quando viram que estava tudo dando errado, tentaram fugir. Dos oguelalás... Nem um só deles quis entregar-se!

— Quantos livraram-se deste ataque?
— Não sei... Uns oitenta ou mais.
— É terrível!
— Não mereciam outra coisa. Os que ficaram receberam uma dura lição, que não esquecerão jamais!

De tarde chegou um trem, trazendo um médico para examinar e atender os feridos. Várias cabanas foram utilizadas como enfermarias e nelas, tanto índios como brancos, foram devidamente atendidos por aquele homem que não fazia distinção de espécie alguma. E não obstante, vários dos oguelalá que foram curados, assim que sentiram-se fortes, preferiram fugir e unir-se aos seus irmãos que haviam conseguido salvar-se daquele duro combate.

Foi esse médico que me comunicou, junto com Fred Walker, que um dos prisioneiros brancos não poderia superar a gravidade da ferida e estava perdido irremediavelmente. Pedi seu nome e o detetive particular me disse com certa consternação:

— Sim, Charley, vejo em seus olhos que já adivinhou. Trata-se do canalha do Samuel Haller
— Ele irá morrer, doutor?

O médico não disse uma palavra, mas balançou a cabeça afirmativamente. Decidi então:

— Vou lá vê-lo! Não era minha intenção converter-me em seu verdugo!
— Eu sei, Charley, mas é a vontade de Deus que esse assassino morra. Não tem porque sentir-se responsável.

Agradeci a Fred Walker por estas palavras e fui até o local onde agonizava um dos piores bandidos que já conheci.

Capítulo II

Ao entrar na cabana onde Haller estava instalado, junto com outros feridos, encontrei ali o coronel-engenheiro. Haller estava lívido como um cadáver, estendido sobre uma manta ensangüentada. Ao ver-me, cravou em mim seus olhos febris e carregados de ódio. Eu me aproximei imperturbável.

— Como se sente?

— Vá para o inferno! Como acha que se sente aquele que sabe que está indo a caminho do inferno?

— Tem algum tempo ainda para arrepender-se de seus crimes. Escolheu o pior caminho que um homem pode escolher.

— Sermões também? Não tenho porque agüentar isto! Disseram-me que foi você quem disparou.

— Com efeito, mas observe onde eu o atingi. Minha intenção era impedir sua fuga, não matá-lo...

— Teria me poupado a vergonha desta derrota e além disso...

— Além disso o que? — insisti.

— Teria me poupado sua visão!

— Ainda bancando o corajoso, não é Samuel, ou Rollins, ou como quer que o chame? Vejo não merece minha piedade!

— Acaso eu a estou pedindo? Guarde sua piedade para os outros. Talvez eles necessitem dela!

— Por exemplo? — quis saber, adivinhando naquela alma negra sua última maldade, a última canalhice de uma vida tão inútil e equivocada.

— Por exemplo, para todos os que vivem aqui na colônia Helldorf. Os oguelalás vão os torturar até a morte! Esta é a vingança de Samuel Haller!

— O que está dizendo? Fale de uma vez!

— A coisa é simples. Nossa intenção era primeiro

esmagar esta estação, depois a colônia Helldorf. E asseguro-lhe que os índios que escaparam desta armadilha, irão partir para o ataque com fúria redobrada!

— Deus do céu! — não pude deixar de exclamar, recordando todos os amigos que havia deixado ali. — Não pode estar falando sério, Samuel!

— Os homens que vão morrer não mentem! — resmungou num fio de voz.

Seus olhos estavam fixos em mim, com um ódio infinito. A cicatriz que cruzava seu rosto parecia estar quase arrebentando, inchada de sangue. O bandido continuou murmurando com voz débil, que em vão tentava mostrar-se colérica:

— Cão! Nada estará de pé quando chegar lá! Nada! Nada...!

Era inútil continuar falando com aquele obstinado canalha. Nem na hora de sua morte ele arrependia-se de suas barbaridades. Saí da cabana e o coronel-engenheiro seguiu-me. Lá fora estavam Fred Walker e Winnetou me esperando.

— Temos que partir imediatamente para a colônia Helldorf, meus amigos. Ali estão muitas pessoas condenadas à morte, se nós não fizermos nada para impedir esta desgraça!

— Vocês não vão descansar? — disse o coronel.

— Acaso poderíamos fazer isso, sabendo o que estes canalhas estão tramando?

— Bom, creio que...

— O que o senhor crê?

— Que este bandido, em sua agonia, tenha querido vingar-se. É possível que o que ele disse não seja verdade.

— E se for?

— Winnetou parte agora mesmo para lá — anunciou o chefe apache.

— Eu lhe acompanho, e espero que Fred faça o mesmo.

Estava comprometendo meu gordo amigo com minhas palavras, mas desejava sua ajuda.

— Claro que sim, Charley! — aceitou ele, no mesmo instante.

— Necessitaremos de víveres, munições e bons cavalos, coronel. Também gostaríamos que nos acompanhasse.

— Terão tudo o que necessitem, e até posso ordenar que lhes acompanhem alguns de meus homens. Mas, mesmo contra minha vontade, é meu dever permanecer aqui, à frente destes trabalhadores. Compreende isto não, Charley?

— Naturalmente que sim. Podemos dispor de quarenta de seus homens e de tudo o que for preciso em meia hora?

— Sim. Darei as ordens e muitos destes homens que vocês salvaram com sua intervenção irão querer acompanhá-los. Mas, apesar da gravidade do assunto, creio que deveriam descansar um pouco. Devem estar exaustos.

— Partiremos em meia-hora, coronel. Tenha tudo pronto.

Capítulo III

Duas horas depois, a estação de Echo-Cannon e o acampamento ferroviário já ficavam muito atrás.

Winnetou, Fred Walker e eu íamos à frente de quarenta homens. Estávamos nos dirigindo, em marcha forçada, até a colônia Helldorf, no caminho Helldorf-Settlement.

Durante aquelas duas horas de cavalgada, Winnetou não havia pronunciado uma só palavra. Isto não era raro, porque normalmente ele não era muito loquaz, mas o fogo que seus olhos despediam falavam o suficiente. Eu sabia como ele apreciava os membros da colônia Helldorf, e se realmente a tivessem assaltado, sua vingança seria terrível.

Não paramos para descansar nem durante a noite, pois já conhecíamos o caminho e a inquietude nos dava força e resistência suficientes. Assim é que, no dia seguinte, chegamos com os cavalos quase arrebentados no vale onde estava a colônia.

Dali pudemos comprovar que o canalha do Samuel Haller não nos havia enganado. As casas estavam reduzidas a um monte de ruínas fumegantes e, por toda a partes, não se via nada além de tragédia e destruição.

Quando Winnetou observou isto através de meus binóculos, exclamou:

— Também desapareceu o filho do bom Manitu.

Ele referia-se à cruz que coroava aquele edifício onde, dias atrás, a caminho de Echo-Cannon, havíamos descansado. Eu havia explicado a ele o significado daquele símbolo para nós, os cristãos.

Lentamente nos aproximamos do local devastado. Uma vez ali examinamos os despojos do que havia sido um lugar habitado. Tomamos a precaução de, ao andarmos, não apagarmos as pegadas dos criminosos. Mas não encontramos ninguém. Nem revolvendo os escombros foi possível achar nenhum cadáver, coisa que se momentaneamente nos servia de consolo, depois nos inquietou, pois o mais certo era que haviam sido feitos prisioneiros para serem sacrificados no povoado dos oguelalás.

Um exame mais detalhado nos revelou que os habitantes da colônia haviam sido surpreendidos durante a noite; que haviam oferecido pouca resistência, já que a maioria estava dormindo e que, ao final, os guerreiros oguelalás haviam escapado com o butim e os prisioneiros em direção à fronteira de Idaho e Wyoming.

— Não podemos nos deter mais aqui — disse a Fred e Winnetou.

— Os homens precisam de descanso, Charley — opinou nosso companheiro. — E os cavalos também.

— Aos animais não podemos pedir opinião, Fred, mas podemos fazer isso com esses homens que voluntariamente se uniram a nós. Assim é que já pode começar a fazê-lo mas diga-lhes antes que um atraso de umas horas pode significar a morte de todos os membros desta colônia.

Ainda hoje ignoro como Fred, usando sua habitual eloqüência conseguiu acertar tudo. O fato é que todos os homens concordaram em retomar a marcha imediatamente.

Assim o fizemos. Winnetou cavalgava diante de mim, com a vista cravada no chão e totalmente embebido em seus pensamentos. Sua atitude me indicava que nem a morte deteria sua vingança, tal era a raiva que o devorava interiormente.

Todavia tínhamos ainda três horas de luz por diante, as quais aproveitamos bem apertando o passo e colocando à prova a resistência de nossas montarias. Aquela noite lhes demos o merecido descanso e no acampamento conversamos até tarde, sobre a sorte que esperava os membros da colônia capturada.

No dia seguinte, sempre guiando-nos pelas pegadas e examinando detidamente o terreno, chegamos à conclusão de que o inimigo levava de dianteira apenas um terço da jornada.

— Vão a caminho de Quacking-asp-ridge — disse o apache.

— Por que está tão certo disso, Winnetou?

— Meu irmão branco ignora que em Quacking-asp-ridge os oguelalás têm um de seus povoados maiores e mais bem instalados. Ali perto celebram suas cerimônias religiosas e sacrificam seus prisioneiros.

— Devemos chegar lá seja como for! — disse Fred.

— Assim o faremos! — replicou com segurança Winnetou.

Mas ao entardecer as pegadas que seguíamos dividiram-se, umas em direção norte, e outras, mais numerosas, em direção oeste.

— Pretendem nos confundir — opinou Fred.

Winnetou desmontou e examinou detidamente aqueles rastros. Fez-me então um sinal, indicando que eu seguisse as pegadas que iam em linha reta, enquanto ele faria o mesmo com as pegadas que se desviavam para a esquerda. O resto esperaria ali pelo nosso regresso.

— Por aqui vão levando os prisioneiros, e por isto é esse grupo que nos interessa — eu disse.

— Está certo disso, meu irmão branco? — perguntou Winnetou.

— Sim. A duas milhas daqui encontrei umas gotas de sangue. Talvez de algum dos feridos.

— E confia nessa dedução? — quis saber Fred.

— Não temos outra, além do que alguns cavalos estão ferrados. Isso também significa que, se não os obrigaram a trocar de montaria, os prisioneiros estão sendo conduzidos nesta direção e não na outra.

Seguindo pois, aquele caminho, encontramos novas bases de orientação, o que nos permitia abrigar a esperança de que não nos havíamos equivocado. Mas logo Winnetou parou seu cavalo, contemplou fixamente o horizonte como se buscasse nele algo que não encontrava em sua mente.

Aproximei-me dele e o escutei dizer:

— A gruta do monte que os homens brancos chamam Hancock!

— Isso é bom ou ruim, Winnetou?

— Muito ruim! Os sioux sacrificam seus presos ali, oferecendo-os ao Grande Espírito. Os oguelalás dividiram-se e a parte mais numerosa se dirige para a esquerda para congregar os guerreiros disseminados de sua tribo, enquanto a menor leva os cativos à gruta.

— Pode calcular a que distância está o monte Hancock?

— Chegaremos ao anoitecer.

— Já esteve ali, Winnetou?

— Há anos. Nessa gruta pactuei com o pai de Koitse uma aliança que o cão oguelalá rompeu depois.

Guardou silêncio, mas antes de reiniciar a marcha, com o braço estendido, nos mostrou um extenso vale que abria-se diante de nós.

— Esta é I-akom akono, a Pradaria do Sangue.

Já havia escutado, em outras ocasiões, sobre aquele funesto lugar, onde os oguelalás e outras tribos se reuniam, e levavam seus prisioneiros para que morressem, Aquele era um lugar onde ninguém ousava entrar, fosse índio ou branco, mas pelo qual nós teríamos que passar.

Se nos decidíssemos a cruzar a planície para chegar ao monte Hancock, estávamos nos arriscando a morrer da forma mais horrível, no caso de sermos descobertos. Todos os olhares cravaram-se em mim, esperando minha decisão.

Não pensei muito, para evitar que a responsabilidade que tinha sobre aqueles quarenta homens me acovardasse. Decidido, lancei meu cavalo a um galope, gritando:

— Adiante! Não chegamos até aqui para desistirmos agora!

Capítulo IV

A Pradaria do Sangue parecia não ter fim e nossos cavalos já começavam a dar sinais de cansaço, quando vimos erguer-se diante de nós uma cordilheira solitária, composta por vários montes que se estreitavam uns contra os outros. Chegamos ao pé da mesma e vimos que, para nosso alívio, ela estava coberta de árvores e um cerrado matagal, no qual podíamos descansar. Havíamos chegado ao pé do monte Hancock.

Não descansamos antes de acender o fogo e espalhar sentinelas em nosso improvisado acampamento. E enquanto uns comiam, outros dormiam. Aproximei-me de Winnetou para perguntar-lhe:

— Diga-me onde está esta gruta que você mencionou.

— Fica do outro lado do monte. Há uma hora daqui. Se quer, podemos ir inspecionar.

— Concordo! Direi a Fred e a alguns homens que nos acompanhem.

Mas Winnetou me interrompeu.

— Estamos nos domínios da morte e é muito arriscado andar por este monte. Só um homem de espírito forte pode fazer isso. É melhor que os demais fiquem por aqui.

O maciço em cujo sopé nos encontrávamos era um conglomerado vulcânico muito largo e grande. Deixei meu rifle de repetição para que não me atrapalhasse na caminhada. Só levei os revólveres e a machadinha. Comecei a seguir o chefe dos apaches, que caminhava diante de mim. Subimos pela vertente ocidental do monte, tomando todas as precauções possíveis. Parecia que, atrás de cada rocha, de cada mato ou arbusto, um inimigo nos estivesse espreitando. Demoramos mais de uma hora para chegar ao cume da montanha, e com voz apenas audível Winnetou me anunciou:

— A partir de agora, silêncio absoluto irmão...

Eu o segui, arrastando-me pelo terreno que coroava a parte de cima do Hancock quando, subitamente, assustado, inclinei-me para trás para não cair no vazio. Diante de meus olhos abria-se uma enorme cratera, cuja borda estava ao alcance de meus dedos.

Aquele abismo encontrava-se, em algumas partes, coberto por arbustos raquíticos e espinhosos. Sua profundidade, calculei, bem podia ser de cento e cinqüenta pés, pelo menos. E no fundo daquela cratera, bem amarrados e quase amontoados, jaziam os infelizes colonos de Helldorf.

Ainda não sei como consegui dominar meu grito de estupor diante da visão daqueles pobres desgraçados, vigiados por um bom número de oguelalás.

Examinei a cratera cuidadosamente, afim de ver se havia alguma forma de descer. Era possível mas seriam necessários bons músculos, nervos de aço, ousadia suficiente e, além disso, cordas bem grossas.

Descobri algumas rochas salientes na parede. Dali um homem conseguiria deslizar até o fundo. O perigo principal residia nos sentinelas que vigiavam os presos.

Quando me reuni a Winnetou, eu disse:

— Esta é a gruta da qual me falou?

— Sim.

— Onde está a entrada? Porque não acredito que os prisioneiros tenham baixado até aqui pelas bordas da cratera.

— Não. A entrada desta grande gruta está do outro lado do monte, mas ali é onde os sapos oguelalás montam seu acampamento.

— Então desceremos por aqui. Empregaremos todas as cordas que nossos homens tiverem trazido.

— Será muito perigoso.

Mas Winnetou estava de acordo com meu plano. Quando chegamos ao nosso acampamento, já estava escurecendo, sendo preciso começarmos nossos preparativos o mais rápido possível.

— Vocês agora descansem, que eu vou cuidar disso — disse Fred, ao ser inteirado do que sabíamos.

Assim o fizemos para recuperarmos as forças, enquanto eles reuniam todas as cordas e as amarravam umas nas outras.

Três horas depois e já com tudo preparado, Winnetou pediu vinte voluntários, deixando o resto cuidando dos cavalos. Mas dois daqueles homens também seriam encarregados de uma importante missão, uma hora depois de termos saído para alcançar novamente o cume do Hancock.

Aqueles cavaleiros traçariam um arco para situar-se do outro lado do monte, onde estavam os oguelalás. Incendiariam uma parte do matagal, de modo a chamar a atenção dos índios e mantê-los ocupados. Enquanto isso, nós desceríamos pela cratera.

A Conversão

Capítulo Primeiro

Subimos monte acima pelo mesmo caminho que havíamos seguido eu e Winnetou. A subida resultava custosa e alguns dos homens acabaram ficando para trás, mas ao fim, não sem grande esforço, conseguimos chegar à borda da cratera.

Uma vez ali começaram a preparar as cordas e eu segui Winnetou, que continuava taciturno e desligado. Sempre nos havíamos dado bem, e tínhamos a maior confiança um no outro, por isso sua atitude me parecia estranha. Ao aproximar-me, ele me perguntou:

— Meu irmão Charley veio em busca de seu amigo? Faz bem, pois pouco tempo resta para ver-me.

— Por que está dizendo isto? Sombras escurecem o ânimo de meu irmão há dias. Afaste-as!

— Não posso. Estou preocupado porque sei que vou morrer, Charley.

— O que está dizendo? Já passamos por mil perigos e sempre saímos ilesos!

— O homem banco se assemelha ao animal doméstico, o índio ao animal selvagem, que, além de conservar toda a pureza de seu instinto, consegue escutar com a alma. O animal selvagem sabe muito bem quando vai morrer. E não só pressente a morte, mas também escuta seus passos, e por isso se esconde na selva mais espessa para morrer só e tranqüilo. Este pressentimento, essa sensação que não engana nunca, é a que agora experimenta Winnetou.

Eu apertei a mão do apache, e disse:

— No entanto, sei que está enganado, meu amigo. Já experimentou esta sensação alguma outra vez?

— Não. Nunca!

— Então não pode saber se essa sensação resultará certa.

— Tudo me diz que Winnetou morrerá hoje com o peito atravessado por uma bala, porque a faca, a lança ou a machadinha podem ser facilmente rechaçadas, quando se sabe lutar, mas as balas de chumbo são traiçoeiras. Qualquer covarde, de longe, pode matar, se tiver boa pontaria.

Eu nada disse, para que ele desabafasse.

— Meu irmão pode ter certeza que hoje mesmo entrarei nas eternas...

Deixou sua frase sem terminar, mas eu sabia a que ele se referia, e o que acontecia em seu espírito. Ele, ainda que índio apache, por estar tratando comigo e por causa de sua nobre condição, interiormente já era cristão. Poucas vezes havíamos falado disso, mas aquela noite ele me abriu seu coração:

— Hoje irei onde nos precedeu o filho do bom Manitu, para prepararmos a morada na casa de seu pai, aonde Mão-de-Ferro me seguirá um dia. Ali voltaremos a nos ver, e não haverá diferença entre os filhos brancos e os filhos de pele acobreada como eu. Então reinará paz eterna, não haverá matança nem extermínio. Os homens bons e valentes não receberam em troca a morte e o tormento. O bom Manitu tomará então a balança em sua mão para pesar as obras dos brancos e as obras dos peles-vermelhas. Winnetou estará a seu lado e intercederá pelos assassinos de seu povo, para conseguir misericórdia para eles. Você me compreende, Charley?

— Perfeitamente, Winnetou. E te digo que Deus também compreende.

— Deus, seu Deus, do qual tantas vezes me falou?

— Sim, o Deus de todos os homens.

— Então escuta-me, irmão branco. Estou preparado para receber a morte que pressinto e quero dizer que anotei meus desejos, no caso de cair para sempre. A isto os brancos chamam de testamento e Winnetou fez o seu, ainda que nunca tenha lhe falado sobre isto.

— Não quero falar disso! Você ainda verá o sol nascer muitas vezes comigo.

Mudando bruscamente de assunto, ele me perguntou:

— Lembra-se do dia, quando nossa amizade ainda não era tão forte, que falamos da riqueza que os homens de sua raça tanto ambicionam?

— Sim, eu me recordo.

— Eu compreendi que você era diferente, ainda que o ouro tivesse valor para você.

— Não existe homem branco que não aprecie o valor da riqueza, Winnetou. Ainda que muitos saibam que a verdadeira riqueza se baseia nos bens que o coração guarda.

— Gosto de ouvi-lo falar assim. Mas sabe que conheço muitos lugares onde pode-se encontrar ouro em abundância. Poderia lhe dizer onde fica um desses lugares e seria um dos homens mais ricos da terra, mas sei também que ficaria infeliz. O bom Manitu não o criou para que viva como um libertino, entre prazeres e abundância. Seu corpo robusto e sua alma nobre têm um destino mais elevado e melhor. É um homem e deve continuar o sendo com toda a grandeza que esta palavra engloba.

— Meu amigo, suas palavras me ajudarão a sê-lo.

— Mas, não guardará rancor por não lhe revelar nenhuma dessas minas de ouro?

— Claro que não.

— No entanto, verá muito ouro, que não lhe pertencerá. Quando eu já não existir, vai em busca da tumba de meu pai. Você já sabe onde é. Ao pé dela encontrará o testamento de seu irmão Winnetou. Nele estão anotados todos os meus desejos, que rogo-lhe sejam cumpridos com exatidão.

— Eu assim o farei, quando chegar o momento, mas agora chega de falar deste assunto. Mas antes quero dizer-lhe uma coisa.

— Fale. Winnetou escuta.

Não sabia bem como começar, mas eu o fiz.

Capítulo II

Para não ofender meu amigo, comecei a propor-lhe:
— Deve descansar. Eu farei tudo o que for preciso.
Ele balançou a cabeça, negativamente.

— Meu irmão não pode estar falando nisso seriamente. O que estou sentindo nada tem a ver com medo.

— Eu sei, Winnetou! Mas hoje seu espírito está pessimista. Será melhor que fique aqui. Por favor. Já examinei a gruta e calculei todas as suas condições. Sozinho poderei levar a cabo nossos projetos.

— Você não irá me convencer, Charley. Irei com você.

— Ainda pressente que vai morrer, Winnetou?

— Sim. Os homens estão esperando! Devemos salvá-los deste tormento!

Firme em sua resolução, levantou-se e começou a andar. Eu o segui, pensando mas sem encontrar, um meio de afastá-lo do combate. E se não o encontrei, era porque não existia.

Quando voltamos para a borda da cratera, vimos que no fundo desta ardia uma grande fogueira, cujo resplendor nos permitiu distinguir os presos e seus guardiões.

Nem um suspiro, nem uma palavra chegava até nós. Atamos a longa corda que havíamos feito, a uma rocha saliente, esperando que nossos homens acendessem as

fogueiras na pradaria, chamando a atenção dos oguelalás. Tal como havíamos combinado, aquelas fogueiras começaram a aparecer no ocidente, criando o efeito de pertencerem a vários acampamentos.

Imediatamente vários guerreiros oguelalás puseram-se em movimento, comentando, em sua linguagem, o que poderia ser aquilo. Depois de um breve diálogo vimos que desapareciam por uma greta do fundo da gruta. Aquele era o instante exato.

Peguei a corda para começar a descer, mas Winnetou pegou-me a corda das mãos.

— O chefe dos apaches é quem dirige a operação. Você pode vir atrás de mim.

Havíamos combinado que nossos companheiros deviam seguir-nos em intervalos regulares, de modo que quando a grossa corda tocasse o fundo da gruta, só houvessem seis homens pendurados na corda. Winnetou começou a descer. Fred Walker e eu o seguimos. A descida foi mais rápida do que havíamos imaginado e, afortunadamente, a grossa corda resistia bem.

Com nossos pés arrastamos alguma pedra e areia, que ao cair sobre os que estavam abaixo, chamou-lhes a atenção. No ato apareceu pela greta a cabeça de um oguelalá, o qual, aos nos descobrir, deu o alarme aos demais.

— Rápido, Winnetou! Eles nos descobriram!

Então, os homens que haviam ficado em cima soltaram rapidamente a corda, e nós nos precipitamos ao chão. Ao mesmo tempo soou uma cerrada descarga e, ao levantar-me, vi que Winnetou caía ao solo.

Fiquei paralisado.

— Winnetou! Está ferido!

— Winnetou está morrendo — respondeu o apache no meio daquela terrível confusão.

Ao escutá-lo, um louco furor apoderou-se de mim e, não podendo dominar-me, gritei a Fred e a todos os outros:

— Winnetou está morrendo! Malditos sejam, é tudo culpa de vocês!

Como um louco, sem pensar em nada, precipitei-me contra os cinco índios que vinham correndo. O que estava à frente era o chefe e ao reconhecê-lo, eu gritei:

— Ko-itse! Morra!

Com um soco eu o derrubei como se fosse um tronco abatido por um furacão. O que o estava seguindo já havia levantado sua machadinha para derrubar-me, mas ao ver como seu chefe caía, soltou a arma aterrado, tentando voltar:

— *Ka-ut-skamasti*! (Mãos destruidoras!)

— Sim! Eu sou Mão-de-Ferro! Ao inferno com você! — respondi, rouco de fúria.

Estava fora de controle e o soco que dei nele teve o mesmo efeito devastador que teve sobre o primeiro índio.

— *Ka-ut-skamasti*! — gritaram os outros índios, em pânico.

E enquanto descarregava sua arma contra eles, Fred Walker exclamava, assombrado:

— Mão-de-Ferro! Eu já sabia...!

Deram-me uma facada no ombro, mas eu nem sequer a senti. Dois índios caíram derrubados pelo rifle de Fred e o terceiro eu próprio matei. Nossos homens já tomavam posições, dominando o inimigo. Aproveitei aqueles momentos para aproximar-me de Winnetou.

— Aonde feriram meu irmão?

— *Ntsagué-che*. (No peito.)

Com efeito. A bala havia penetrado pelo pulmão. Ao compreender a gravidade do ferimento, uma dor profunda abateu-se sobre mim, algo que nunca havia sentido em toda a minha vida, mas procurei consolá-lo com minhas palavras.

— Ainda há esperanças, meu irmão.

— Irmão, pegue-me em seus braços para que eu presencie a luta — pediu-me ele.

Capítulo III

Levantei Winnetou e ele pôde ver como nossos inimigos iam caindo. Todos os nossos homens já estavam no fundo da gruta, e apressavam-se em desamarrar os prisioneiros, que davam gritos de júbilo e gratidão. Eu não enxergava nada. Meus olhos estavam cravados no rosto de meu amigo moribundo, cuja ferida parou de sangrar, o que indicava que a hemorragia era interna. Então eu lhe perguntei:

— Meu irmão tem algum desejo?

Winnetou havia fechado os olhos e não me respondeu. Eu o sustinha em meus braços, sem me atrever a fazer um só movimento. Então vi como o velho Hillmann da colônia Helldorf e outros colonos libertados se apoderavam das armas e entravam na greta. Naquele momento Fred Walker aproximou-se, me dizendo:

— Todos estão mortos!

— Também Winnetou está morrendo — repliquei amargamente.

Winnetou entreabriu os olhos e eu repeti:

— Meu irmão tem algum desejo?

Com um leve movimento de cabeça, disse-me bem baixinho:

— Meu irmão Charley deve levar estes homens aos montes Gros-Ventre. Às margens do riacho Metsur estão as pedras que buscam.

— Nada mais, Winnetou?

— Desejo que meu irmão não me esqueça e que rogue por mim ao seu bom Manitu. Agora diga aos prisioneiros para que subam por essas pedras e que escapem por ali. Eu... eu... Charley...

— Não fale, Winnetou. Assim fica mais cansado!

Uma convulsão agitou seu corpo. Suas mãos apertaram as minhas. Winnetou, o grande chefe dos apaches, havia morrido.

Lentamente soltei minhas mãos das dele.

O que se pode dizer, se a dor mais profunda e verdadeira não pode ser expressa em palavras? Juntos havíamos desafiado a morte. Juntos havíamos cavalgado milhas e milhas, e juntos havíamos padecido, sofrido e trabalhado. Como dois irmãos. Agora...

Winnetou estava morto.

Fred Walker tocou em meu ombro, para tentar tirar-me de minha prostração:

— Venha, Charley. Os nossos homens estão lutando ainda contra esses selvagens.

— O que está dizendo, Fred?

— Que nossos homens e os prisioneiros estão dando uma boa lição nestes malditos oguelalás.

Recordo-me confusamente de que ele me explicou como os nossos homens, donos das galerias do monte Hancock, davam conta de todo índio que tentava aproximar-se dali. Os trabalhadores da ferrovia que havíamos trazido conosco dispunham de boas carabinas, e aquela superioridade de armas logo se fez sentir entre os oguelalás, que tiveram que abandonar a luta.

Os índios que fugiam eram perseguidos por algum de nossos homens, que pouco depois regressavam, para não deixar nossas forças divididas.

Eu não tomei parte nesta luta, porque passei toda a noite com o cadáver de Winnetou em meus braços, recordando que da mesma forma havia morrido seu mestre Kleki-Petra.

Winnetou sabia que seus pressentimentos iriam se concretizar, e por isso havia me dado as últimas instruções a respeito de sua tumba e de suas últimas vontades. Como os colonos, que haviam perdido tudo, haviam de encontrar ali pedras preciosas, eles mostraram-se dispostos a acompanhar-me aos montes Gros-Ventre, o que me facilitou o problema de transladar o cadáver de meu amigo.

Depois que Fred Walker reorganizou nossos homens, atendendo aos feridos da colonia, saímos no dia seguinte para o exterior da gruta. Não havia ali nem um só índio mais.

— No entanto, não devemos ficar confiantes — Fred advertiu. — São ratos traidores e podem tentar nos surpreender.

Envolvi o cadáver de Winnetou em mantas e o amarrei em seu cavalo. Eu calculava que até o lugar do enterro seriam duas longas jornadas, além do que devíamos cavalgar tomando toda espécie de precaução, para que os vingativos oguelalás não pudessem achar nossas pegadas.

As recordações destes dois dias confundem-se em minha memória. Estava tão abalado com a morte de meu grande amigo que quase nem prestava atenção em nada. Naqueles dias limitei-me a traçar a rota que seguiríamos, deixando o grupo ao comando de Fred, que encarregou-se de tudo.

Só recordo que, ao anoitecer do segundo dia, chegamos ao vale do rio Metsur, onde enterramos Winnetou, depois de rezar por ele e dar-lhe todas as honras que sua posição de chefe dos apaches exigia. Nós o colocamos sentado sobre seu cavalo, com todas as suas armas e adornos guerreiros. Numa gruta que havíamos aberto na colina com este objetivo, fizemos o cavalo ali entrar. Sobre aquela colina não flutuam os escalpos dos inimigos mortos pela mão do grande Winnetou, como é comum nas sepulturas dos chefes índios, mas ali levantam-se três cruzes rústicas feitas de tronco de árvore.

No vale, tal como havia dito Winnetou, não só encontramos as pedras, mas também grande quantidade de ouro, que ressarciu plenamente aos ferroviários de todas as fadigas e perigos que aquela expedição lhes havia proporcionado. Não poucos daqueles homens decidiram unir-se aos colonos, estabelecendo desta forma uma nova colônia.

Outros regressaram à estação de Echo-Cannon, onde o chefe dos bandidos, o canalha Samuel Haller, havia sido morto.

Mas eu, durante muito tempo, não fui capaz de vencer a dor que me esmagava...

O Testamento de Winnetou

Capítulo Primeiro

Como era difícil separar-me da sepultura de meu amigo, passei ali vários dias rondando, calado e ausente.

Só me distraía um pouco o trabalho das pessoas que formavam aquela nova colônia, mas na realidade, não me dava conta de nada. Era como um homem que houvesse recebido um golpe na cabeça e que, meio inconsciente, ouve e vê tudo, mas de forma irreal.

Claro que aquelas boas pessoas esmeravam-se em distrair-me e faziam grandes esforços para que eu me interessasse por sua obra, mas não conseguiram grande coisa.

Foi preciso passarem-se bastante dias antes que pudessem me tirar de meu torpor e ajudá-los em seus trabalhos. E esta atividade foi um grande remédio, e ainda que tivessem que arrancar-me algumas palavras com grande esforço, aos poucos fui restabelecendo minha antiga energia e comecei a voltar a ser como era antes.

Deixei transcorrer longas semanas, até que, numa manhã, levantei-me, dizendo a mim mesmo que não podia continuar ali mais tempo. O testamento de Winnetou me arrastava para Nugget-Tsil, onde dormiam o sono eterno Inchu-Chuma, pai de meu amigo, e sua irmã.

Além disso, era meu dever chegar ao rio Pecos e anunciar aos apaches a morte de seu melhor e mais valente chefe. Eu não ignorava a rapidez com que semelhante notícia percorre as pradarias, por isso calculei que provavelmente os apaches já saberiam disto, mas, de todo jeito, era meu dever relatar sua morte aos seus fiéis guerreiros.

Por outro lado, os colonos não mais precisavam de mim, e por ali, em todo caso, iria ficar Fred Walker, que havia decidido permanecer durante algum tempo junto àquelas pessoas.

Assim, despedi-me de todos e comecei minha jornada.

O caminho até Nugget-Tsil estava cheio de perigos, pois atravessava o território dos comanches, meus inimigos, e os kiowas, que ainda tinham mais raiva de Mão-de-Ferro, como me chamavam. Neste caminho deparei-me com algumas pegadas, mas eu queria continuar cavalgando sem companhia alguma, e assim cheguei ao rio Gualpa sem novidades.

Ao cruzar o rio, encontrei novamente pegadas que iam na mesma direção. Tratava-se de três cavaleiros, a julgar pelos rastros de suas ferraduras. Eu afrouxei o passo para não tropeçar com eles, dado que minha tristeza pela morte de Winnetou e meu estado de espírito não me permitiam sentir-me bem seja entre os índios, seja entre os de minha própria raça. Queria estar completamente sozinho. Mas aqueles três cavaleiros iam muito devagar, e em duas horas já estavam ao alcance de minha visão.

Meu potro relinchou ante sua presença e os três cavaleiros me descobriram. Seja por instinto de defesa ou por não terem a consciência muito limpa, trataram de pegar suas armas com toda a rapidez, mas meu rifle já estava em minhas mãos, e eu recomendei:

— Quietos! Os movimentos imprudentes podem custar-lhes caro.

Um deles, mais idoso, perguntou-me com evidente inquietude:

— Você é um assaltante? Pretende nos roubar?

— Não temam, não sou nada disso. Fui, simplesmente, um pouco mais veloz que vocês, e por isso sou eu quem os tenho sob minha mira.

— O que pretende fazer?

— Nada. Deixar que sigam seu caminho que, ao que parece, também é o meu. Mas notei que cavalgam muito devagar... Por que?

— Não temos por que responder suas perguntas. Quem é você, e para onde está indo?

— Venho de Beaber-Fork e me chamo... Jones — menti. — Sou caçador... E vocês?

— Vamos a Mugwort-Hills, um lugar muito agradável.

Estas palavras chamaram a minha atenção, pois Mugwort-Hills era o grupo de montanhas que Winnetou chamava de Nugget-Tsil. O que aqueles homens iam fazer ali, num lugar tão solitário?

Quis ganhar a confiança deles, e abaixei minha arma, perguntando-lhes mais amistosamente:

— Disseram Mugwort-Hills? Onde fica isso? — fingi.

Mas um deles interrompeu-me:

— Se você é caçador, onde está seu equipamento?

— Os comanches me tiraram tudo — voltei a mentir. — Assim como as peles que consegui em dois meses.

— Que má-sorte, meu amigo!

— Sim, mas salvei minha pele.

— Como você se arrisca a cavalgar sozinho por estes territórios. Não tem medo?

— O mesmo posso dizer de vocês. Por aqui existem muitos comanches e kiowas. Esses sim são perigosos!

— Nós temos uma espécie de salvo-conduto com estas tribos. Somos amigos do senhor Santer, e ele é, por sua vez, muito amigo do chefe Tangua.

Ao escutar o nome de Santer, meu corpo sacudiu-se, como se atingido por uma descarga elétrica. Tive que fazer um grande esforço para me dominar. Se eles eram amigos deste tal de Santer, nome que despertava em mim as mais desagradáveis recordações, estava disposto a não separar-me deles. Este Santer ao qual se referiam, tinha que ser o mesmo que eu conhecia, pois só ele podia intitular-se amigo do sanguinário chefe Tangua.

Obsequiei-os com o meu melhor sorriso, e desmontando, propus:

— Por que não acampam aqui? Se, como dizem, este amigo de vocês é amigo dos kiowas, e vocês viajam em segurança, gostaria de aproveitar-me também desta proteção.

— Pode viajar conosco, se assim o desejar, mas não volte a apontar-nos seu maldito rifle.

— Assim o fiz porque as mãos de vocês foram também em direção às armas. Mas posso assegurar-lhes que sou um homem pacífico.

Logo estávamos os quatro acampados, eu sempre me mostrando alegre e confiante, mas sem deixar de observar atentamente àqueles homens.

— Como se chamam, amigos.

— Eu me chamo Gates, este é Clay e aquele, Summer. Poderá ver que somos o que aqui se chama "homens do Oeste" e que nos dedicamos a...

— A tudo que importa — completou o mais novo dos três.

— Feche a boca! — recomendou o homem que havia feito a apresentação.

Estava preparando algo de comer e, amável, ofereci:

— Se vocês gostarem...

— Não, obrigado. Também trouxemos provisões.

Devia continuar meu papel de caçador solitário ao qual os índios haviam despojado, porque começava a suspeitar que aqueles três eram espertalhões mal intencionados.

Capítulo II

Enquanto fumávamos, depois de um conversa vazia e sem importância, voltei à carga:

— Este amigo de vocês, é rico e poderoso?
— Está falando de Santer?
— Sim...
— O senhor Santer é um cavalheiro, a quem devemos eterna gratidão, se as coisas resultarem tal como ele nos disse.
— Algum negócio...?
— Algo assim — confirmou Gates, que era o mais falante do três.

Mas ele não disse mais nada, limitando-se a trocar olhares com seus companheiros. Eu também não quis forçar a situação e comecei a contar-lhes meu encontro com os comanches, que haviam me "tirado" as peles e meu equipamento.

— Não sei o que vou fazer agora. Sem armadilhas, um caçador não tem como trabalhar.

Os três homens tornaram a trocar olhares, e como se tivessem entrado em um consenso, Gates me propôs:
— Una-se a nós. Sempre ganhará mais do que caçando.
— Eu...?
— Sim, homem, você! Estivemos o observando e o que vimos nos agradou. Tem bons músculos e é um excelente cavaleiro. O senhor Santer procura homens que possam ser-lhe úteis, e se quiser podemos contratá-lo para que viaje conosco até Mugwort-Hills.
— Contratar-me? E o que vamos fazer em Mugwort-Hills?

O homem chamado Clay encarou seus companheiros, e decidiu então falar:
— Por que não dizer? Quantos mais formos, mais probabilidades temos de encontrá-lo!
— Encontrar o que?
— Muito bem! Nós vamos lhe contar! — decidiu-se Gates.

Ele acendeu outro cigarro na fogueira e, após a primeira baforada, continuou:

— A coisa é algo duvidosa, mas pode dar bons resultados. O senhor Santer nos proibiu de falar nisto, mas também nos disse em Forte Arkansas, onde o conhecemos, que precisava de homens adequados, e você parece se encaixar no que ele quer.

— Mas... Do que se trata? — insisti.

— Ouro... Muito ouro! — resmungou Summer.

— Ouro? Onde?

— Vamos a Mugwort-Hills em busca dele, amigo — tornou a dizer Gates. — O senhor Santer sabe que ali há uma montanha de ouro; só é preciso procurar as jazidas.

Fiz um gesto de descrença.

— Ora! O Oeste está cheio de histórias, onde o ouro se encontra aos montes. Mas logo estas histórias revelam-se apenas fantasias.

— Este caso é diferente. O senhor Santer não "acha" que ali existe ouro. Ele "sabe" com certeza.

— E quem contou isto para ele?

— Já ouviu falar do chefe dos apaches?

Tive que conter-me muito para continuar:

— Estão falando deste tal de Winnetou?

— Sim, nele e num tal de Mão-de-Ferro, que o acompanha muitas vezes. Pelo visto, em uma ocasião, estiveram juntos em Mugwort-Hills, acompanhados pelo pai do índio e de outros apaches. O senhor Santer os vigiava e pôde escutar sobre esta montanha de ouro.

Fez uma pausa, para então acrescentar:

— Pois escute bem. Santer seguiu suas pegadas, disposto a descobrir o tesouro daqueles apaches, mas não conseguiu encontrar o esconderijo, pois como ia com os olhos cravados nas pegadas que deixavam, perdia muito tempo. Por fim, viu-os regressar, sem haver conseguido chegar até onde estava o ouro.

— O que este Santer fez então? — perguntei.

— O que podia fazer? Escondeu-se para não ser descoberto e mais tarde também regressou.

— Pois fez mal — voltei a interromper. — Melhor seria tê-los deixado passar de novo e seguir as pegadas até dar com o ouro. Não acham?

Os três homens trocaram um olhar.

— Caramba, Jones! Você é esperto, e tem razão. Santer não fez o que devia. Certamente só pensou no ouro que, ao regressarem, os apaches levavam.

— Continue, Gates. O que fez então o seu amigo Santer?

— Disparou sobre eles, para apoderar-se do ouro, ferindo o velho e a moça, a irmã de Winnetou. Este foi salvo por seu amigo Mão-de-Ferro, que perseguiu Santer até o povoado dos kiowas. Foi ali que ele fez amizade com eles.

— E a coisa ficou por isso mesmo?

— Não. Santer voltou várias vezes, mas sem nenhum resultado e sem poder encontrar uma só pepita de ouro. Por isso contratou gente para o ajudar a procurar esta fortuna.

— Ou seja, vocês, seguindo as indicações deste tal de Santer, buscarão o possível filão. Não é isso?

— Exato! Além disso, os apaches voltaram tão rapidamente da jazida que ela não pode estar muito longe do lugar que Santer nos indicou.

Fiquei em silêncio.

— Bem, agora que já sabe de tudo, quer juntar-se a nós?

— Não sei, não sei... Falando francamente, há sangue neste meio. Esses índios a quem atacou seu amigo Santer...

— E o que nós temos a ver com isso! — replicou Gates, prontamente. — Não temos culpa que Santer tenha morto o pai de Winnetou e sua irmã. E ao final das contas, o que importa menos dois índios no mundo?

Percebi a espécie de gente que eram aqueles homens, que não eram nem bandidos nem caçadores, mas, sim, aqueles que davam tão pouco valor à vida de um índio como se eles fossem feras às quais eles tinham o direito de exterminar.

Não eram muito velhos, nem podia dizer que eram homens que tinham passado por provações e experimentado muitos perigos, já que, sem nenhuma outra garantia senão meu aspecto e minha personalidade, confiavam um segredo importante e ofereciam um lugar no possível "negócio".

Mas eu estava contente por haver encontrado, finalmente, a possibilidade de capturar o verme do Santer, aquele cruel e ambicioso assassino.

— Confesso-lhes que gosto de ouro, e o que me propõem também é interessante, mas temo que se o encontrarmos, o ouro não ficará conosco...

Os três me olharam alarmados.

— O que? Se nós encontrarmos o ouro, quem vai tomá-lo de nós?

— Santer! Esse amigo que tão "gentilmente" os envia para que trabalhem para ele...

Eu os havia desconcertado, tal como era minha intenção.

Eu esperava um bom resultado daquele encontro, e por isso empregava tal tática.

Capítulo III

Por fim, Gates disse:

— O senhor Santer não pode fazer uma coisa destas!

— Vocês o conhecem bem, por acaso? Vocês mesmo me disseram que o conheceram há pouco tempo, no forte Arkansas.

— E foi isso mesmo, mas nos pareceu um homem honrado. Basta vê-lo para não duvidar de sua integridade. E, além disso, em todos os lugares onde pedimos informação sobre ele, nos deram sempre as melhores.

— Onde ele está agora?

— Ontem separou-se de nós, dirigindo-se a Salt-Fork, rio Vermelho, onde o chefe Tangua tem um povoado. Já dissemos que os kiowas são bons amigos dele.

— E ele os enviou em frente, em direção a Mugwort-Hills. Não é verdade?

— E o que tem de errado nisso?

— Esqueça. O que o senhor Santer vai fazer entre os kiowas?

— Levar a Tangua uma notícia muito importante e muito feliz para ele. Winnetou está morto.

— Ora, vejam! Não sabia disso. Verdade que o apache está morto?

— Sim. Um guerreiro sioux, da tribo dos oguelalás, o matou com uma bala.

Clay interveio, desejando saber:

— Por que está desconfiando do senhor Santer?

— Vou dizer-lhe uma coisa, Clay. Um homem capaz de matar pelas costas para roubar algumas pepitas de ouro, dá motivos de sobra para se desconfiar dele. Talvez não esteja em seus planos repartir com vocês o ouro.

— Meu Deus, senhor Jones! Isso...! Isso não pode estar certo! — exclamou Clay.

Os três trocaram um olhar, no qual eu adivinhei o receio que começavam a sentir.

— E há mais, meus amigos. Este Tangua é o inimigo mais feroz e cruel dos homens brancos, e se algum deles conseguiu sua amizade... como terá conseguido tal façanha?

— Deixe de rodeios, Jones, e diga logo o que está pensando.

— Pois bem. Para fazer-se seu amigo, Santer precisa ter provado a Tangua que não se importa em nada com a vida de um branco. Por isto acho que devemos ter muito cuidado com ele.

— Você disse "devemos"?
— Isso mesmo, Summer.
— Então, está aceitando unir-se a nós. Não é verdade?
— Aceito e, além disso, agradeço a confiança que depositaram em mim.
— Basta! — ordenou, mal-humorado, Gates. — Jones é livre para ficar ou vir conosco agora que já sabe que vamos a Mugwort-Hills. Nem sequer sabemos se o senhor Santer aprovaria que viesse conosco. E, se o teme tanto, talvez o melhor seja nos despedirmos aqui mesmo, em paz.

Notei que minha atitude não agradava totalmente a Gates, e tentei apaziguá-lo:

— Foram simples comentários, Gates. Asseguro-lhes que gostaria de não pensar nisso, e ficar rico como vocês, se encontrarmos esta grande fortuna.

E então demos o assunto por encerrado.

Mas eu sabia que já havia plantado a semente da dúvida entre eles...

Surpreendidos

Capítulo Primeiro

No dia seguinte, saímos os quatro em direção a Mugwort-Hills.

Enquanto cavalgávamos, eu estava intranqüilo e sempre alerta; eles, pelo contrário, cavalgavam seguros e confiantes, achando que no caso de tropeçarem com algum grupo de guerreiros kiowas, bastaria dizer o nome de Santer para serem tratados como amigos.

Meus receios baseavam-se no fato de que, assim que os kiowas me vissem, iriam reconhecer o odiado Mão-de-Ferro e não o caçador Jones. Aquilo podia representar algo realmente desastroso para mim, além do que iria mostrar aos meus novos companheiros que eu os estava enganando.

Para minha sorte, o dia passou sem o menor incidente, e ao chegar a noite, voltamos a acampar. Eles queriam acender um fogueira, mas estávamos no meio da pradaria, e por ali não havia lenha, o que me alegrou muitíssimo.

Pela manhã partimos o último pedaço de carne seca. Agora, para comer, não haveria remédio senão caçarmos. Gates comentou ironicamente:

— O senhor é um caçador de armadilhas, e não de gatilho, mas acho que saberia se ajeitar, ou não?

— Não temam; não deixarei faltar carne.

Seguimos cavalgando pela planície até que, antes do meio-dia, apareceram na direção sul as colinas que eram o objetivo de nossa viagem.

— São estas as Mugwort-Hills? — perguntou Clay a seu companheiro Gates.

Ninguém melhor do que eu sabia que era assim, mas nada disse, permitindo que Gates informasse a seus companheiros.

— Devem ser. O que o senhor Santer me descreveu parece-se com isto. Em uma hora estaremos ali.

— Não tão rápido — corrigiu Summer. — Não se esqueça que o senhor Santer nos disse que as Mugwort-Hills são inacessíveis aos cavaleiros pelo lado setentrional.

— Eu sei, Summer. Não precisa me recordar. Referia-me ao fato de que, dentro de uma hora, estaremos aos pés destas montanhas. Aí, rodearemos as colinas até chegar ao lado meridional, onde encontra-se o vale que serve de entrada.

Pela sua conversa, percebi que Santer havia-lhes dado todos os detalhes possíveis e, para saber até que ponto eles estavam realmente inteirados, perguntei:

— Encontraremos o senhor Santer neste vale?

— Não, nós o encontraremos no alto.

— E poderemos subir com os cavalos.

— Pelo outro lado, sim.

— Mas... Existe um caminho?

— Só o leito de um rio.

— Santer acha que o ouro está no alto, então?

— Sim, é isso mesmo.

— Pois o melhor é deixarmos os cavalos ao pé da montanha então!

Os três me olharam, francamente divertidos.

— Que disparate! Bem se vê que você limita-se a distribuir armadilhas. Podem passar semanas e até mesmo meses sem que achemos o ouro. O que os cavalos iam fazer aqui em baixo, sozinhos? Você ficará cuidando dos animais?

— Perdoem-me; sou novato em tudo isto, e não conhecendo o terreno, eu... Eu...

— Santer disse que ali estão as tumbas do pai e da filha.

— Não gostaria de acampar perto destas sepulturas — protestei.

— E que importância tem isso? Os mortos não se importam!

Havia dito aquilo com um tom de voz medroso, e para saber se acamparíamos junto às tumbas dos índios. Eu tinha que cavar a tumba do pai de Winnetou, para achar seu testamento.

Pensei que minhas palavras poderiam influir na decisão de meus companheiros, dado o temor que certas pessoas sentem diante de sepulturas. Minha intenção era que, ao menos durante a noite, nos mantivéssemos afastados daquele lugar. Então eu poderia arrastar-me até ali e...

— De noite também acamparemos perto das tumbas? — tornei a perguntar.

— Por que não? Tem medo?

Os três soltaram uma gargalhada, mas eu guardei silêncio, como se estivesse envergonhado de terem descoberto a minha debilidade. Interessava-me que assim pensassem, sem nada suspeitarem.

Foi Gates que, depois de rir-se a valer, tentou tranqüilizar-me ironicamente:

— Você é supersticioso, Jones? Se for assim, eu lhe digo que isso é uma grande bobagem. Os mortos jamais voltam, e esses peles-vermelhas jamais abandonariam suas "pradarias eternas, onde dizem que existe grande abundância de caça, além de outros muitos prazeres deste mundo.

Rodeando as colinas, chegamos ao lado meridional. Ali encontramos um amplo vale, que internava-se pela grande montanha, e pelo qual seguimos caminhando. Ao chegarmos a este ponto tivemos que desmontar, para que pudéssemos chegar até o cume.

Eu fiquei por último, de propósito. Gates ia na frente. De vez em quando ele voltava-se, recordando a seus amigos a descrição que Santer havia feito daquele lugar.

De repente, ele exclamou cheio de entusiasmo:

— Aqui estão as tumbas! Chegamos ao local indicado!

Parecia que finalmente havíamos alcançado o objetivo de nossa viagem. Meus olhos estavam na sepultura de Inchu-Chuma, o antigo chefe dos apaches, pai de Winnetou. Naquele monte de pedras, rodeado por um muro triplo de pedras, seu corpo descansava, com todas as suas armas, com exceção do rifle de prata e de seu amuleto. Ao seu lado via-se a pirâmide de cujo cimo surgia a copa da árvore. Ali debaixo repousava a formosa Nyho-Chi. Junto com Winnetou, havia visitado aquelas sepulturas várias vezes.

Mas agora meu amigo não estava ali. Winnetou não havia conseguido vingar-se do assassinato de seu pai e de sua irmã, e agora, por um acaso, eu tinha a oportunidade de fazê-lo. Se eu perdoasse o assassino de seres tão queridos, para Winnetou e para mim também, não estaria eu sendo cúmplice de suas maldades?

Tinha que pensar seriamente naquilo.

Capítulo II

A voz de Gates tirou-me do meu estado meditativo:

— O que você está fazendo aí, com os olhos cravados neste monte de pedras?

— Ele já deve estar vendo os fantasmas dos índios, que saem para espantá-lo — debochou Summer.

— Pois se isso ocorreu agora de dia, imagine de noite! — comentou Clay por sua vez.

Divertiam-se comigo e eu nada respondi. Jamais compreenderiam meus sentimentos e emoções ao aproximar-me daquelas tumbas. Levei meu cavalo para uma clareira do bosque, o desencilhei, e depois de deixá-lo em liberdade, dediquei-me, fiel a meus costumes, a explorar o terreno.

Quando voltei, encontrei meus companheiros de viagem acomodados junto à tumba de Inchu-Chuma, justamente onde eu calculava que teria que cavar para pegar o testamento de Winnetou.

— Aonde diabos você foi? — quis saber Gates. — Por acaso já saiu por sua conta, procurando as pepitas de ouro? Pois cuidado com isso, amigo! Faremos a exploração juntos, não queira fazer-se de esperto e passar-nos para trás.

Já começava a ficar farto das brincadeiras daquele homem, e o tom de voz que ele empregou irritou-me ainda mais. Lógico que eles não sabiam com quem estavam tratando, e eu não me havia feito respeitar muito por eles, seguindo meus planos; seja como for, não estava disposto a permitir que me falassem daquela forma tão depreciativa, e respondi duramente:

— Pergunta isso por curiosidade ou porque se julga no direito de dar-me ordens?

Gates levantou-se, trocando o sorriso por uma careta de espanto, e dizendo:

— Se tenho o direito de lhe dar ordens? Desde o momento em que se uniu a nós, pertence à nossa comunidade, e posso sim dar-lhe ordens!

— Está enganado, Gates. E em todo caso, se alguém pode mandar aqui, este alguém é Santer, e não você!

— Na ausência dele, quem manda sou eu!

— Se os seus companheiros permitem isso, problema deles. Eu não permito.

— Para que discutir? Não faça explorações por conta própria e tudo ficará em paz.

— Minha intenção não era procurar ouro, e sim examinar o terreno, para ver se há algum inimigo por aqui.

Vocês acham que são experimentados homens do Oeste, mas, permitam-me que o diga... Não dão a menor prova de sê-lo! É preciso sempre examinar-se os arredores do acampamento antes de descansar. E foi isso o que fui fazer!

— Bom, Jones... Se foi isso... Ignorava que você soubesse achar rastros... — começou a desculpar-se Gates.

— Além disso, já estou dizendo que não se preocupem em encontrar ouro, porque não haverá nem uma só grama desse metal por aqui.

— Ah, não? E por que está dizendo isto?

— Muito simples. Não pensaram que, depois de ter o pai e a irmã assassinados, Winnetou possa ter decidido levar todo o ouro?

— O apache?

— Sim! Winnetou e os seus vieram aqui em busca de ouro. Foram surpreendidos e assaltados e, compreendendo aquele homem, que seu segredo fora descoberto, supôs que Santer voltaria para completar o serviço. Não acham?

— Sim, isso parece...

— O que teriam feito em seu lugar? Teriam deixado a sua fortuna à mercê do inimigo?

— Isso é só suposição, não há provas de que o ouro não esteja por aqui.

— Se acham que Winnetou era algum idiota, continuem procurando. Mas não me acusem de procurar o ouro sozinho, já que nem acredito que encontremos nada, nem permito que me insultem dizendo que quero enganá-los.

— Calma, Jones. Vamos falar com tranqüilidade deste assunto. Se não acredita que o ouro está aqui, por que juntou-se a nós então?

Saí daquele aperto como pude.

— Porque isso acaba de me ocorrer agora.

— Ora! O que quer dizer é que, até este momento, você foi tão tolo como nós. Admitamos que o que diz não seja tão descabelado, mas eu poderia encontrar muitos argumentos contra.

— Vamos ver então, comece.

— Primeiro: o esconderijo pode ser tão bom e tão seguro, que Winnetou não temia que ele pudesse ser descoberto.

— Continue.

— Posso acrescentar outras razões, mas renuncio a isso. Esperemos que Santer venha e vamos ver o que ele diz. Quando acham que ele chegará?

— Amanhã, no mais tardar.

— Bem. Pois até que chegue, vamos procurar comida. Precisamos de carne.

— Não disse que era caçador? Pois está esperando o que?

— É que... — vacilei. — Só sei caçar com armadilhas. Temo que...

— Está bem, está bem! Iremos caçar com nossos rifles. Você fique aqui, guardando o acampamento com Summer; Clay e eu iremos caçar algo.

Clay e Gates pegaram seus rifles e afastaram-se, deixando-me ali com seu outro companheiro, Summer. Interiormente perguntei-me se teriam a idéia de não me deixar só nunca. Para isso teriam que considerar-me mais esperto do que eu aparentava, e isto começava a me preocupar.

Gates passou a tarde caçando com Clay, e quando anoitecia, só trouxeram uma mísera lebre, que mal deu para nós quatro matarmos a fome.

Com o corpo cansado e a mente fervilhando de receio, pensando na chegada de Santer, mal dormi aquela noite.

Capítulo III

No dia seguinte, Gates voltou a sair para caçar, desta vez acompanhado por Summer. Voltaram com um par de pombas, tão velhas e duras, que mal conseguíamos mastigar.

— Estamos com má sorte — grunhiu Gates. — Não se vê uma boa caça neste maldito lugar.

Desejando romper a tensão que desde o dia anterior eu havia notado que crescia entre nós, tentei fazer uma piada, mas não me saí bem:

— Está tentando zombar de nós, Jones? — irritou-se Gates.

— Não. Com o estômago urrando de fome não tenho vontade de zombar de ninguém.

— Pois vá então experimentar a sorte e veja o que traz para nós.

— Certo, pelo menos tentarei.

Sem mais comentários, peguei minhas armas e comecei a andar, mas ainda consegui escutar Gates, dizendo:

— Vá, diabo! E leve suas armas! Mas quero ver se vai conseguir coisa melhor!

Pelo visto, os três estavam convencidos de que eu não seria capaz de trazer nada, e por isso eles também foram caçar, assim que eu virei as costas.

Agora, as tumbas estavam sozinhas, e seria a hora ideal para que eu buscasse o testamento de Winnetou. Mas não o fiz. Meus companheiros haviam saído para caçar em direção ao sul, e então julguei melhor dirigir-me ao norte, descendo pela ladeira até a vasta planície. Por ali ninguém passava há anos, e era de se esperar que eu encontrasse boas presas. Mas o meio-dia aproximava-se, hora pouco apropriada para caçar. Tive que contentar-me com duas aves pequenas. Ao chegar ao acampamento, ali ainda não havia ninguém.

Explorei os arredores cuidadosamente, para assegurar-me de que não estavam por ali, e logo pus mãos à obra. Tirei minha faca e comecei a escavar perto da sepultura do chefe apache.

Era preciso ocultar a terra que eu escavava, por isso coloquei minha manta no chão. Trabalhava febrilmente, temendo que, de um momento para outro, pudessem surpreender-me. Estava atento a qualquer ruído.

Na excitação nervosa em que me encontrava, compreende-se que meus ouvidos não tivessem aquela agudeza da qual dei mostras muitas outras vezes. O buraco ia ficando cada vez mais fundo, até que a faca bateu numa pedra. Eu a tirei, e encontrei outra, debaixo da qual havia um espaço quadrado e completamente seco, formado por quatro cantos lisos. No fundo encontrei um pedaço de couro dobrado, o testamento de meu amigo Winnetou.

Rapidamente coloquei-o em meu bolso, apressando-me a fechar o buraco com a maior rapidez. Apertava a terra com minhas mãos para que nada ali denunciasse o que tinha feito. No final, recoloquei o pedaço de grama que eu havia tirado.

Havia tomado todas as precauções possíveis, e duvidava que eles pudessem saber o que eu estivera fazendo ali. Por isso sentia-me contente, e achei — assim pensei — que tudo sairia bem. Sentei-me tranqüilamente, e como não escutava nada, calculando que teria tempo, desdobrei o pedaço de couro.

Estava dobrado como se fosse um envelope. Em seu interior havia outro, costurado com pêlo de cervo. Com a faca cortei as amarras e pude ver que o conteúdo eram muitas folhas com escrita bem apertada.

Era o testamento de Winnetou!

Capítulo IV

Fiquei nervoso ao ter o documento em minhas mãos, temendo que meus companheiros chegassem de um momento para outro. Tanto queria ler o documento, como queria guardá-lo.

Por fim, pensei que se regressassem e me encontrassem lendo, não havia mal algum. Eles iriam suspeitar o que era aquilo? Uma carta ou um papel, cuja leitura servia para atenuar meu aborrecimento. Além disso, nenhum deles tinha o direito de perguntar-me nada. E se eles se atrevessem a fazê-lo, podia responder-lhes o que bem entendesse.

Mas eu tinha grande curiosidade em conhecer por fim a vontade de meu amigo Winnetou. Sabia que sua mão era que havia escrito aquelas linhas. O velho sábio Kleli-Petra o havia ensinado a escrever, assim como tantas outras coisas.

Não pude resistir mais e comecei a ler:

"Meu bom e amado irmão:
"Você vive e Winnetou, que tanto o queria, já não existe, mas sua alma lhe acompanha. Você a tem em suas mãos, posto que está nestas folhas, que devem descansar sobre seu coração.
"A última vontade de seu irmão morto, só você a saberá, e irá ler muitas palavras para que não a esqueça nunca. Primeiro, direi algo que considero importante. Não é este o único testamento de Winnetou, pois deixei outro junto aos meus guerreiros. Este é só para você.
"Achará muito ouro, e o empregará naquilo que o meu espírito vai lhe dizer. Está escondido em Nugget-Tsil, mas Santer, o assassino de meu pai, o buscava. Por isso, o mudei para Deklil-to (águas escuras), onde você também já esteve. Averigúe o lugar onde se encontra. Dirija-se até Indelche-Tchil (bosque de abetos), chegando até o Tse-choch (boca do urso). A partir deste ponto deve abandonar seu cavalo e subir a pé pelo caminho..."

Havia conseguido ler até aqui, quando ouvi uma voz zombeteira às minhas costas:

— E então, senhor Mão-de-Ferro? Aprendendo a ler?

Voltei-me aterrado, compreendendo que havia cometido um grande erro, talvez o maior de toda a minha vida. Havia sentado de costas para a trilha que subia do vale.

Este descuido imperdoável devia-se ao meu enorme desejo de ler o testamento de Winnetou. Sentando-me daquela forma, havia sido impossível que eu visse que este canalha havia deslizado por trás de mim.

E agora ele me apontava seu rifle.

Era Santer!

Prisioneiro dos Kiowas

Capítulo Primeiro

Encontrava-me completamente desarmado. Meu rifle, ao lado da tumba, e o revólver no chão, porque ao colocar-me de joelhos para cavar, havia tirado tudo. Estava pois, à mercê do assassino do pai e da irmã do meu caro amigo Winnetou.

O homem que me apontava o rifle havia notado o movimento instintivo de minha mão que, ao não encontrar a arma, havia voltado a cair. Aquilo o divertia, e ele soltou uma sonora gargalhada. Mas rapidamente mudou de tom de voz.

— Não se mova, ou eu lhe mato! Estou falando sério, amigo!

Eu o sabia bem capaz de disparar e matar-me a sangue frio. Era um assassino, que só levava em conta suas próprias ambições e egoísmo.

— Finalmente o encontro. Posso terminar com você só apertando o gatilho — voltou a gritar. — Com você, todas as precauções são poucas, "grande" Mão-de-Ferro. Não é assim que o chamam?

— Sim, mas sugiro que me chame de Jones.

— Não, "caríssimo" senhor Mão-de-Ferro. Irei honrá-lo continuando a chamá-lo assim, até que decida matá-lo!

— Achei que só chegaria amanhã.

— Sim, claro... Mas está vendo que já cheguei. Não gostou da surpresa?

Santer já devia ter falado com os homens que me acompanhavam. Suas presenças seriam um fator de tranqüilidade para mim, afinal, malandros ou não, eles não eram assassinos cruéis como Santer.

— Dirigia-me para Salt-Fork, em busca de Tangua, para dar-lhe a boa notícia de que o seu amigo apache havia arrebentado, como um cão raivoso! Mas casualmente encontrei-me com um grupo de kiowas e transmiti-lhes a notícia; por isso cheguei aqui antes. Gates me contou, o imbecil, como conheceram um tal de Jones. Ao descrevê-lo, pensei logo que este urso alto e de ombros largos só podia ser meu "querido" Mão-de-Ferro! Tenho um bom faro!

E então, perguntou-me:

— Que papel é este que tem nas mãos?

Sem pensar muito, começando a recuperar meu aprumo habitual, repliquei:

— Uma fatura do meu alfaiate.

— Cão! Ainda se atreve a fazer gracinhas? Dê-me estes papéis!

— Já disse que se trata de uma conta que não paguei ainda. E se quiser se convencer disso, pode vê-la... Aproxime-se e...

— Ah, sua raposa velha! Não vou me aproximar de um tipo como você. Quando estiver bem amarrado, já veremos. Agora, irá me dizer o que veio fazer em Mugwort-Hills, que seu amigo apache chamava de Nugget-Tsil.

— Ainda que não acredite, vim em busca de ouro.

— Já achava isto!

— Mas tive má sorte; em vez disso, só encontrei quatro faturas.

— Já examinarei eu estas "faturas" que está dizendo. Você está sempre onde o diabo mais incomoda. Mas desta vez, você é quem caiu na ratoeira.

E para deixar isso bem claro, levantou a voz:

— Rapazes, amarrem-no bem forte! Com Mão-de-Ferro não se pode descuidar!

Gates, Clay e Summer saíram do bosque. O primeiro aproximou-se lentamente, tirando do bolso umas cordas.

— Sinto, senhor, acabamos de saber que não se chama Jones, e que é o famoso Mão-de-Ferro. Que coisa feia querer nos enganar! Merecíamos isto?

De onde estava, Santer grunhiu:

— Deixe de discursos, Gates. E traga-me os papéis que ele tem nas mãos.

Estavam certos de que estava à mercê deles. Eu, da minha parte, pensava que cedo ou tarde, Santer botaria tudo a perder. Tudo estava em aproveitar, rápida e energicamente, a situação.

Deixei cair as folhas do testamento de Winnetou ao chão, quando Gates me ordenou:

— As mãos!

Simulando que o obedecia, estendi as mãos. Então Gates aproximou-se para me amarrar, colocando-se entre Santer e eu. Este gritou colérico:

— Saia daí, Gates! Não seja imbecil! Fora! Fora! Não vê que está diante de meu rifle? Se tiver que disparar...

Não pôde terminar a frase.

Sem esperar que Gates me amarrasse, peguei-o pela cintura e o joguei sobre Santer, que tentou desviar-se do golpe quando já era tarde. Arrastado por Gates, ele caiu ao chão, soltando o rifle. De um salto precipitei-me sobre ele e, sem dar-lhe tempo para nada, dei-lhe um soco que o deixou desacordado.

— Aí está a prova de que sou Mão-de-Ferro! Nunca permito que ninguém ponha as mãos em mim! Soltem as armas se não querem morrer agora mesmo!

Havia tirado de Santer o revólver que ele levava no cinto e com ele apontava para os demais. Vi em seus olhos o terror e ordenei, certo de que me obedeceriam:

— Sentem-se junto à sepultura! Logo! E sem falar uma só palavra!

Rapidamente, fizeram o que eu mandava. Meu nome e a fama que carregava os havia impressionado, ainda mais que tinham visto com seus próprios olhos que havia dado conta de um inimigo da categoria de Santer.

— Se não me obrigarem, dou-lhes minha palavra que nada acontecerá a vocês. Mas se tentarem algo... Isso irá lhes custar a vida!

Mandei que Gates pegasse as cordas com que havia pretendido me amarrar. Em pouco tempo Santer estava bem amarrado.

— E agora, o que quiser que lhe faça o mesmo que a ele, é só me dizer.

— Não precisa — disse Gates. — Já nos "obsequiou" bastante com este golpe.

— Que surpresa! — atreveu-se a dizer Clay. — Nós o tomamos por um inútil caçador...

— Bom, esse erro de vocês não tem muita importância, comparado com o que pode acontecer se não forem bons meninos.

— Não nos moveremos daqui, até que o mande, senhor.

— Deixem de cerimônias. O que caçaram?

— Nada...

— Ali estão duas aves. Deixem suas armas onde eu as possa ver... vão cozinhar! Estou com fome depois de tanto exercício.

Santer começava a recuperar-se. Ao ver que estava amarrado e eu não, começou a gritar, colérico:

— O que aconteceu?... Mas... como... como é possível que...? Você é um demônio, Mão-de-Ferro!

— Para os tipos como você, devo ser mesmo! — assenti. — A sorte mudou, meu amigo!

— Cão! — grunhiu ele, descontrolado.

— Só irá piorar a sua situação com estes insultos.

Pode ser que me canse de escutá-lo e feche a sua boca com um tiro. Pode escolher!

— Que o diabo te carregue! Pode me matar! Isso não me assusta!

Em sua fúria não via inconveniente algum em desafiar a morte e, esquecendo-se de mim, ao ver seus homens tão subservientes a meu serviço, cometeu uma enorme imprudência ao dizer:

— Bando de inúteis! O que estão fazendo aí, sem lançarem-se sobre ele?

— Ele é Mão-de-Ferro — disse, como explicação, Gates.

— Como se ele fosse o diabo! E, suponho que já falaram, não?

— O que tem para me dizer?

— Isso não importa! — gritou Santer.

— Está enganado. E seus amigos vão "cantar" agora mesmo, se não quiserem que eu me aborreça. Escutaram, rapazes?

Fui me aproximando dos três infelizes, até que Clay disse:

— Não... Não... É... É relativo ao ouro.

— Mas claro, Clay. Do que se trata? — apertei-o.

— É que Santer nos... Ele disse que sabe onde o ouro está.

— Bem, já iremos falar sobre isso. Não estão com fome? Pois então, assem as aves!

Capítulo II

Santer foi o único que não comeu, já que eu não o permiti, para dominar melhor a situação.

— Coma pedras, safado!

— Maldito seja! — resmungou, sempre blasfemando.

Clay, Gates e Summer terminaram de comer sua carne e, voltando à carga, ainda que não os tivesse amarrado, insisti em mostrar-lhes que deviam considerar-se como meus prisioneiros.

— Vocês disseram que Santer sabe onde está o tesouro. Não é isso?

— Sim, ele mesmo pode dizê-lo, senhor Mão-de-Ferro.

— Não diga besteiras! Por aqui já não há nenhum tesouro. O que me interessa saber é outra coisa. Santer falou-lhes sobre os kiowas, quando vocês o encontraram e ele subiu aqui para me surpreender?

— Sim.

— Ele estava sozinho, não havia kiowas com ele?

— Ele estava só.

— O que ele disse sobre os índios?

— Ele falou que havia encontrado um grupo deles quando ia para Salt-Fork e que assim pôde evitar a viagem, mandando que eles comunicassem ao cacique Tangua que Winnetou estava morto.

— Quantos kiowas compunham este grupo?

— Uns sessenta.

— Quem os chefiava?

— Pida, o filho do grande chefe Tangua.

— Onde estão agora?

— Voltaram para seu povoado.

— É verdade tudo o que está me dizendo?

— Pode acreditar que sim, senhor Mão-de-Ferro! — disse Clay.

— Eu acredito, mas advirto-lhes que vocês se darão mal se tentarem me enganar. Eu nunca perdôo uma mentira!

— Sabemos disso, senhor Mão-de-Ferro.

— Deixem de me chamar assim! Já disse que não gosto de cerimônias.

Eu havia recolhido as folhas do testamento de Winnetou e, depois de guardá-las no meu bolso, informei-lhes:

— Apesar do que lhes disse este assassino, não encontrarão o ouro aqui.

— Creio que Santer pode saber mais do que você — disse Gates.

— Esse safado não sabe de nada! — repliquei.

— E você sabe dizer onde está este ouro? — gritou Santer, raivosamente.

— Poderia dizer onde está sim!

— Mentira!

— Pois então diga onde está — disse Gates.

— Estou proibido de dizer isto!

— Proibido? Por quem?

— Por seu dono.

— Ora! Estão já todos mortos. Isto é fato, senhor Mão-de-Ferro. Quando nós o julgávamos um simples caçador, oferecemos-lhes parte em nosso negócio, e agora você quer nos prejudicar.

— Esse ouro não pertence a vocês, Gates.

— Nem a você tão pouco!

— Não fiquem aí de conversa, lutem contra ele, covardes! — incitou Santer, que jamais se rendia e me odiava profundamente.

— Se não deixar de grasnar, vou lhe dar um tiro — anunciei friamente.

Minha ameaça não surtiu efeito, porque ele voltou a cuspir no chão, e gritou cinicamente, parecendo estar se divertindo muito:

— Não seja imbecil! Você não seria capaz de fazer isso!

— Não me falta coragem, Santer. Você sabe bem!

— Sim, mas também sei que Mão-de-Ferro não mata ninguém a sangue-frio. Seus princípios não o permitiriam.

— Não me provoque, canalha. Você merece a morte cem vezes. Sua vida é feita de uma fileira infindável de crimes! Matar você seria um favor para a humanidade.

— Palavras! Sei que não irá me matar! Sei disso muito bem!

O comportamento daquele homem era de um descaramento que me irritava. Apesar de tudo, respondi no tom mais calmo que consegui:

— Pode continuar gritando e me insultando o quanto quiser, Santer. Um homem de sua laia não pode provocar minha cólera. Winnetou morreu em meus braços, e ao enterrá-lo, eu prometi esquecer todos os sentimentos de ódio e vingança.

— Palavras vazias!

— Note bem que eu disse que enterrei o ódio com Winnetou, mas entre ódio e desejo de castigar existe uma grande diferença. O cristão rechaça a vingança, mas pede o castigo da culpa. Cada falta deve ter sua explicação; deste modo, não me vingarei de você matando-o como a um cão raivoso, mas receberá o castigo merecido, pode ter certeza.

— Você é ridículo, Mão-de-Ferro. Vingança ou castigo, chame como quiser, o nome não importa. Abstém-se de vingar-se, mas anseia por castigar-me; ou dizendo de outra forma: assassinar-me

— Está enganado, Santer, não farei nada. Eu o levarei até o forte mais próximo e o entregarei à justiça.

— Quanto trabalho! — zombou ele.

— Não me importa! Agirei conforme a lei e os meus princípios!

— Provavelmente acontecerá o inverso, ou seja, caberá a mim matar você, Mão-de-Ferro. E como não tenho a sorte de abrigar sentimentos cristãos, como você, não penso em renunciar ao prazer de lhe matar, sim... E arrastar você amarrado no rabo de meu cavalo!

— Está delirando em sua raiva e desespero, Santer.

— Ah, sim? Pois olhe bem que o que está chegando ali, estúpido!

Disse essas palavras em um tom triunfante. Ao voltar a cabeça percebi, com um só olhar, que ele realmente tinha motivos para alegrar-se.

Capítulo III

Um grito ensurdecedor ecoou em torno de nós, e uma multidão de kiowas surgiu de todos os lados. Chegavam pintados com as cores de guerra.

Havia sido enganado por Gates. Santer havia trazido os kiowas até Nugget-Tsil, e ao saberem da morte de Winnetou, haviam resolvido festejar tão feliz acontecimento no próprio lugar onde estavam enterrados o pai e a irmã do chefe apache.

Isto estava em perfeito acordo com o modo de ser e de agir do criminoso cacique dos kiowas, que agora iria apoderar-se do melhor amigo que Winnetou havia tido em toda a sua vida.

Quando me vi rodeado por aqueles furiosos selvagens, meu primeiro impulso foi tentar defender-me, pegando o revólver e disparando a torto e a direito, mas eles eram mais de sessenta e isto seria inútil; por isso, resolvi guardar a arma novamente. A fuga era impossível e a resistência só iria piorar a situação. A única coisa que fiz foi tentar afastar os índios que se aproximavam na tentativa de me amarrar.

— Para trás! Mão-de-Ferro irá entregar-se voluntariamente aos guerreiros kiowas. O jovem chefe está entre vocês? Só me renderei voluntariamente a ele!

Eu sabia que o nome de Mão-de-Ferro os deixaria impressionados, e isso realmente aconteceu. Eles recuaram e um deles foi procurar o jovem e arrogante Pida, que não havia tomado parte na luta.

Mas antes que o kiowa chegasse até nós, Santer avançou com uma machadinha índia nas mãos.

— Render-se voluntariamente? Um homem que chama a si próprio de Mão-de-Ferro não se entrega voluntariamente. E se não for entregar-se por bem, o fará por mal! Ataquem-no, kiowas!

O infame queria lançar os guerreiros kiowas contra mim, mas ele próprio não se atrevia a aproximar-se. E por fim, à custa de seus gritos e ordens, os índios atacaram.

Desta vez lutei, ao dar-me conta que eles não estavam com arma de fogo, e pelo visto desejavam capturar-me com vida. O primeiro que se aproximou serviu-me como escudo para afastar os demais que tentavam me aprisionar. Peguei-o pela garganta e por uma perna, e o joguei sobre eles com toda a minha força. Assim, a luta teria continuado até que meus braços agüentassem, se o jovem Pida não tivesse gritado:

— Basta! Ele já prometeu entregar-se, deixem-no em paz! *Howgh*!

Ele pronunciou a ordem com a mesma firmeza que já havia escutado em Winnetou.

Os guerreiros índios retrocederam, só Santer, louco de raiva, gritava:

— Por que tanta condescendência com ele? Ele merece todos os golpes e socos de sua gente! Ele me aprisionou, não faz muito tempo! A mim! Santer!

O jovem chefe dos kiowas aproximou-se de Santer e com um gesto de enorme desdém respondeu:

— Santer julga-se no direito de dar ordens aqui? Esquece que eu sou o chefe de meus bravos?

— Eu sei disso muito bem, Pida, mas...

— Cale-se!

— Mas é que...

— Cale-se!

— Ora! Sou amigo dos kiowas e você deve levar em conta a minha vontade! Seu pai...

— Amigo? Quem deu a Santer este título?

— Seu próprio pai!

— Está faltando com a verdade. Tangua, o grande chefe dos kiowas, nunca empregou esta palavra para referir-se a você. Tangua, o chefe dos kiowas, só o tole-

ra, mas não o considera bem. E Pida, o filho de Tangua, o chefe dos kiowas... o despreza!

Tive vontade de aplaudir o curto mas direto discurso daquele jovem e arrogante pele-vermelha. Também pensei em aproveitar aquele momento para fugir, e poderia até ter conseguido, mas para isso teria que abandonar minhas armas, e neste momento não corria ainda nenhum sério perigo.

Pida aproximou-se majestosamente de mim:

— Mão-de-Ferro é meu prisioneiro, como o escutei dizer. Pida espera que sua língua não seja mentirosa.

Ia protestar, quando sua mão levantou-se imperiosamente, exigindo silêncio.

— Mão-de-Ferro também entregará, voluntariamente, tudo o que está trazendo.

— Assim será — confirmei.

— Mão-de-Ferro irá permitir que o amarrem?

— Sim.

— Dê-me suas armas.

Tendo em conta que Santer me odiava e que aproveitaria qualquer ocasião para cravar-me um punhal traiçoeiramente, aquilo constituía uma satisfação para mim.

Entreguei-lhe o revólver e a faca, enquanto Santer, por sua própria conta, apoderava-se de meu rifle de repetição e minha "mata-ursos". Pida, ao ver isto, disse:

— Solte estas armas, que elas não lhe pertencem!

— De modo algum. São minhas! E não as soltarei!

O jovem kiowa voltou-se para seus guerreiros e antes que desse a ordem, Santer pressentiu que a coisa seria séria, e resolveu largar as armas no chão.

— Que fiquem com você, se as quer tanto, Pida! Irei queixar-me a Tangua e ele saberá me fazer justiça.

Os índios levaram minhas armas para o chefe kiowa. Santer aproximou-se ainda mais mal-humorado.

— Fique com as armas, se é este seu desejo, Pida.

Mas com a condição de me ceder todo o resto que o prisioneiro possui.

E tentou alcançar meu bolso, precisamente aquele que guardava o testamento de Winnetou. Imediatamente eu o rechacei com um movimento brusco e me afastei.

— Não me toque com suas mãos imundas, canalha!

Eu não estava ainda amarrado, só os punhos, e como Santer insistisse em revistar meus bolsos, com um forte puxão soltei as mãos, agarrei-o pela lapela e dei tal soco nele que caiu sem sentidos no chão.

Depois, voltei a oferecer minhas mãos para os kiowas.

— Agora, podem me amarrar.

— Mão-de-Ferro merece seu nome — observou o jovem caudilho Pida. — O que este homem tanto quer possuir?

— Um papel escrito — respondi, sem entrar em detalhes.

— E este papel, fala do que?

— Ignoro. Mas diga-me: de quem sou prisioneiro, dele ou seu?

— Meu!

— Então, por que permite que ele tente me saquear?

— Os guerreiros de Pida só desejam suas armas, o resto não nos interessa.

E após dizer isto, afastou-se.

Capítulo IV

Depois de amarrarem minhas mãos, fizeram-me deitar no chão para poder amarrar também meus pés. Santer já havia retornado de seu desmaio, e levantando-se com presteza, me deu um pontapé, gritando:

— Você me acertou, cão imundo, e isso irá lhe custar caro! Agora mesmo!

Precipitou-se sobre mim, tentando enforcar-me com suas próprias mãos, mas novamente Pida interveio:

— Não o toque!

— Já estou cheio disso! Você não manda em mim! Esse maldito é meu inimigo, e atreveu-se a dar-me um soco. E agora irá saber como Santer vingará esta ofensa!

Correu em minha direção, mas eu então, com as pernas amarradas, fiz um movimento de flexão, dando-lhe um tremendo empurrão que o fez sair rodando como se tivesse sido disparado por uma catapulta. Ao ver-se novamente no chão, uivou como uma fera, e louco de raiva tentou lançar-se mais uma vez ao ataque, sem conseguir. Seus membros estavam doloridos pelo golpe, e não responderam à sua vontade; ele então apontou-me seu revólver:

— Chegou sua hora! Para o inferno com você!

Um dos guerreiros kiowas que estava perto dele golpeou-o no braço, desviando assim seu disparo.

Santer voltou-se furioso contra o índio:

— Por que se atreveu a me tocar? Posso fazer com este maldito o que bem quiser! E já que ele me atingiu, quero que ele morra!

— Não tem direito algum sobre o prisioneiro — interveio Pida. — Mão-de-Ferro me pertence, e só eu posso tocá-lo. Sua vida é minha e ninguém além de mim pode dispor dela.

— Tenho contas antigas para acertar com ele, e não irei parar até que me vingue!

— Olhe, Santer, é verdade que prestou alguns serviços ao meu pai, e que ele como retribuição permite que você se esconda em nossos acampamentos e povoados quando precisa, mas não espere nada além disso dos kiowas. E não incomode mais a Mão-de-Ferro ou Pida terá que tomar outras medidas mais severas com você.

Intimidado por aquelas palavras do jovem chefe, que quando dizia "*Howgh*!" pelo visto não admitia mais discussões, Santer pareceu acalmar-se e perguntou mais sossegado:

— O que Pida pensa em fazer com ele?

— Isso irá ser resolvido no conselho.

— Mas que conselho que nada! Aqui só existe uma solução!

— Qual?

— Matá-lo!

— E assim será feito.

— Mas, quando? Veio até aqui celebrar a morte de Winnetou, seu inimigo apache. O que poderia tornar esta festa ainda melhor do que matar aqui mesmo o irmão de sangue daquele desgraçado?

— Não agimos assim.

— Por que não, Pida?

— É preciso levá-lo ao povoado e ali sim, irá ser decidida a sua sorte.

— No povoado? Mas que disparate!

— Meu dever é entregá-lo a meu pai, a quem Mão-de-Ferro há muito tempo deixou paralítico. Somente Tangua, chefe dos kiowas, pode determinar a morte que Mão-de-Ferro merece.

— Ora! Quanto rodeio para matar um safado! Nunca escutei uma bobagem tão grande!

— Cale-se! Pida não diz bobagens!

— Mas... quantas vezes vocês tiveram Mão-de-Ferro assim, aprisionado, e ele conseguiu escapar? Muitas vezes, diante das portas da morte, conseguiu ele escapar por meio de algum ardil! E estou avisando: se não o matarem agora, ele irá escapar novamente!

— Impossível! Está bem amarrado e desta vez não escapará. Nós iremos tratá-lo como merece um guerreiro com sua fama, e tomaremos todas as precauções para que ele não escape. Sua fuga será impossível!

— Muito bem! Trate-o com todas as honras possíveis! Por que não o coroam também com uma coroa de louros?

— Pida não sabe o que é isso que Santer está falando, mas está seguro de uma coisa: de que tratará este homem de um modo diferente de como trataria Santer, se fosse você nosso prisioneiro.

Estas palavras foram ditas com tanto desprezo que Santer, imediatamente, mudou de atitude.

— Bem, Pida... Santer nunca poderá ser seu prisioneiro, porque é seu amigo. E para demonstrar isso, vou vigiar pessoalmente este canalha, para que ele não encontre meios de escapar.

O jovem Pida não respondeu. Deu meia-volta, escolheu os guerreiros mais velhos e experientes e afastou-se com eles. Ia celebrar-se um conselho. Os demais kiowas aproximaram-se de mim, fazendo observações em voz baixa, que não pude compreender totalmente por não falar seu idioma. Todos pareciam satisfeitos por terem nas mãos o famoso Mão-de-Ferro, considerando uma grande honra poder submeter-me aos mais cruéis tormentos, honra que as outras tribos invejariam.

Na opinião daqueles índios kiowas, eu estava destinado a morrer no tronco dos tormentos, e assim como os homens brancos assistem ao teatro cheios de curiosidade e interesse por uma obra, assim ansiavam eles por presenciar o tormento de Mão-de-Ferro e a atitude que ele teria diante da dor.

O índio respeita o valor e a dignidade mesmo de seu maior inimigo. Eu não tinha entre eles a fama de covarde, e há pouco eu mesmo havia raptado Pida para salvar meu velho amigo Sam Hawkens. Havia tratado o filho do chefe dos kiowas com toda a deferência e consideração. Pida nada havia dito sobre isto, mas eu achava que ele havia recordado e reconhecido minha atitude, e que, por isso, pagava-me na mesma moeda, apesar dos gritos de Santer.

Só esta nobre atitude do jovem kiowa me dava esperanças.

Os Papéis que Falam

Capítulo Primeiro

Apesar da minha triste situação, não sentia temor ou angústia. Talvez porque já tivesse me acostumado a superar muitos perigos e circunstâncias adversas.

Minha experiência também me havia ensinado outra coisa: que era preciso saber esperar e confiar até o último momento, sem deixar de fazer o possível para que estas se realizem.

Enquanto Pida e seus guerreiros estavam reunidos, Santer falava com seus homens, que já não o tinham mais em tão alto conceito. Eles também haviam escutado falar de Mão-de-Ferro e sabiam que eu não era nenhum safado; além disso, a conduta de Santer para comigo, já vencido e prisioneiro, não deixou de fazer com que ele caísse ainda mais no conceito dos homens.

No entanto, eu pensava que eles eram os maiores responsáveis pela minha situação, pois Gates havia me mentido a respeito dos kiowas.

A conferência dos índios não foi muito longa, e uma vez terminada, Pida disse a seus homens:

— Os guerreiros kiowa irão para o povoado assim que tiverem comido e descansado.

A Santer desagradou tanto a notícia de nossa partida como a mim me agradou. Começou a protestar, mas sem exceder-se, para não irritar Pida:

— Não iriam permanecer uns dias aqui?
— Assim era, mas mudamos de idéia.

— Mas, então... Não vão celebrar a morte de Winnetou?

— Sim, mas não hoje.

— Quando, então?

— Tangua, o grande chefe dos kiowas, irá dizer.

— Não compreendo. Por que tal mudança?

— Pida não lhe deve explicações, mas irá dizer, para que Mão-de-Ferro também fique sabendo.

E voltou-se em minha direção.

— Quando viemos festejar a morte de Winnetou, o chefe dos cães apaches, não sabíamos que iríamos aprisionar seu amigo e companheiro Mão-de-Ferro. Mas já que isto aconteceu, temos motivo para comemorar duplamente. Winnetou era um homem de nossa raça. Mão-de-Ferro, além de ser nosso inimigo, é um cara-pálida. Portanto, sua morte nos dá muito mais prazer do que a de Winnetou, e os filhos e donzelas dos kiowas celebrarão ao mesmo tempo a morte de dois de seus inimigos. Aqui está reunido somente um pequeno número de guerreiros kiowas, e Pida não tem ainda idade suficiente para determinar a morte de Mão-de-Ferro. Por isso concordamos em reunir toda a tribo e Tangua, o maior e mais velho dos chefes kiowa, levantará sua voz para proclamar o que devemos fazer. Por isso não continuamos aqui, e vamos nos apressar em regressar ao povoado.

— Mas... Para que tanto ir e vir? Ele deve morrer aqui, junto às tumbas daqueles que foram seus inimigos!

— Não está decidido que morra em outra parte, ainda, e nada nos impedirá de voltar.

— Seu pai, Tangua, não pode montar a cavalo.

— Nós o traremos. Tangua também irá querer que se enterre Mão-de-Ferro aqui.

— Mesmo que o matem em Salt-Fork?

— Sim.

— E quem o trará aqui, depois de morto?

— Eu mesmo!

— Isto é um absurdo. Que razão pode ter um grande guerreiro kiowa como você para carregar o cadáver de um cão branco como este?

Com altivez, o jovem Pida estendeu a mão em direção a seus homens e olhando Santer com desprezo, informou:

— Você me fez uma pergunta e quero que todos aqui conheçam a minha resposta. Assim todos conhecerão Pida, o jovem chefe kiowa, a quem, ao que parece, você desconhece por completo, Santer. Quero dizer que estou agradecido a Mão-de-Ferro por não haver me tirado a vida quando, há muitas luas e sóis atrás, estive em seu poder. Tratou-me bem e consentiu em trocar-me por um cara-pálida amigo seu. É verdade que Mão-de-Ferro é nosso inimigo, mas sempre agiu nobre e lealmente. Podia ter matado Tangua nas margens do rio Pecos, e não o fez. Agiu sempre assim. Os homens vermelhos sabem disso, e por isso o respeitam. Sua morte é inevitável, mas terá a satisfação de morrer como os grandes heróis, demonstrando que despreza os tormentos aos quais o iremos submeter, e que serão certamente os mais terríveis que alguém já enfrentou. E quando estiver morto, seu corpo não será jogado nas águas do rio para servir de comida para os peixes, e nem será jogado na pradaria, para que os abutres o comam. Mão-de-Ferro merece uma tumba, com a qual nós honraremos sua memória.

Aborrecido, mas sem querer irritar a Pida, Santer balançou a cabeça.

— Ora, ora! E onde será esta tumba?

— Pida escutou dizer que Nsho-Chi, a formosa donzela dos apaches, irmã de Winnetou, entregou a Mão-de-Ferro sua alma. Por isso seu corpo descansará ao lado dela, a fim de que seus espíritos finalmente unam-se nos campos de caça eternos.

Terminado o seu discurso, ele olhou para os seus guerreiros:

— Pida falou. Meus bravos estão de acordo?
E eles concordaram unanimemente.

Capítulo II

Tive que admitir que o jovem guerreiro kiowa não era um homem vulgar, e que dentro de seus costumes, era realmente nobre.

Lógico que não me agradava que ele falasse de minha morte como uma coisa certa, mas também não me dava calafrios isso. O que me deixou perplexo, na verdade, foi o fato dele me prometer uma morte cheia de tormentos, porque assim seria mais glorioso para mim.

Agradeci seu nobre propósito de enterrar-me junto a bela Nsho-Chi, a irmã de Winnetou. Aquilo era um ato de delicadeza própria de um espírito nobre.

Mas a voz grosseira de Santer interrompeu meus pensamentos:

— Ha, ha, ha! Finalmente chegou sua hora, Mão-de-Ferro! Logo vai poder realizar seu casamento com a formosa índia! Quem dera você pudesse me convidar para ser padrinho da festa, já que não posso ser o noivo! Logo, logo você estará junto a este monte de ossos podres.

— Canalha! — gritei, irritado com tanta maldade.

Mas no mesmo instante eu me acalmei, dizendo a mim mesmo que aquele malvado não merecia minha irritação. Ele insistiu com suas macabras brincadeiras:

— Não vai convidar-me para o seu fúnebre casamento?

— Não fará falta, Santer. Aliás, chegará lá antes de mim!

— Ha, ha, ha! Verdade? Você quer fugir e pegar-me? Está enganado, imbecil! Eu não vou tirar os olhos de cima de você!

Sabia que ele faria isso realmente, para disparar contra mim na primeira oportunidade que surgisse, e ainda daria como desculpa aos kiowas, que eu havia tentado fugir. Tinha que ter muito cuidado com Santer.

Os kiowas foram buscar os cavalos que os sentinelas guardavam no vale. Soltaram meus pés, mas me amarraram fortemente a dois índios, entre os quais eu tinha que caminhar. Pida apoderou-se de minha arma. Santer ia na retaguarda, com Gates, Clay e Summer, enquanto um kiowa encarregava-se de conduzir o meu cavalo.

Quando chegamos ao vale, eu os vi acender fogueiras e assar carne. Deram-me um pedaço de carne seca tão grande, que não achei que seria capaz de dar conta, mas comi tudo, porque queria guardar energias para quando fosse preciso. Para comer soltaram-me as mãos, mas estava tão fortemente vigiado, que seria ridículo pensar sequer em fugir. Além disso, mais distante e sem despregar os olhos de mim, estava Santer, com as mãos na sua carabina.

Quando recomeçamos a marcha, antes de nos afastarmos da grande montanha, dei mais uma olhada em Nugget-Tsil. Voltaria a ver as tumbas do pai e da irmã de Winnetou?

No caminho para o povoado de Salt-Fork, nas margens do rio Vermelho, nada digno de nota ocorreu. No entanto, eu observei que Gates, Clay e mesmo Summer, desejavam falar comigo, mas Santer evitava que nós trocássemos sequer uma só palavra. Mas eu sabia que aqueles homens estavam vivamente interessados nos papéis que me haviam visto ler ao pé das tumbas. Ignoravam que era o testamento de Winnetou, mas sua malícia os fazia intuir que estavam relacionados com o ouro que tinham vindo buscar nas montanhas.

Não se atreveriam a tirá-los de mim por meio de violência, temendo Pida e seus guerreiros, mas na menor oportunidade...

Pensei, para tranqüilizar-me, que não poderiam tirar-me o testamento de Winnetou, a não ser que me roubassem enquanto eu dormia ou que, uma vez chegando ao povoado dos kiowas, Santer convencesse seu amigo, o chefe Tangua, a ceder-lhe os papéis.

Não podia sequer tentar guardá-los em outro lugar, e dava-me nos nervos imaginar que a última vontade de Winnetou não chegasse a ser cumprida.

Capítulo III

O povoado kiowa estava na desembocadura de Salt-Fork com o rio Vermelho. Tivemos que atravessar o rio por um lugar menos profundo, e quando só faltava umas poucas horas de jornada, Pida enviou dois mensageiros para anunciarem a nossa chegada.

Que júbilo ia causar a notícia de que Mão-de-Ferro havia caído nas mãos dos kiowas.

Encontrávamo-nos ainda na pradaria e nos faltava bastante para chegar ao bosque que ladeia as margens de ambos os rios, quando vimos aproximar-se a todo galope vários cavaleiros. Não iam em um grupo fechado, mas em pelotões de três ou quatro, conforme a velocidade do cavalo. Eram kiowas que se adiantavam, ansiosos para verem o famoso prisioneiro.

Eles estavam tendo um grande dia às minhas custas!

De longe já nos saudavam com gritos e chiados agudos. Assim, com a chegada daqueles índios, a comitiva foi engrossando, sendo cada vez menor a possibilidade de escapar antes de chegar a seu povoado, onde me esperava a fatal sentença e os tormentos mencionados por Pida.

Ao voltar a ver o povoado kiowa, tive a impressão de que crescera o dobro em extensão, desde a última vez que tinha estado ali. Debaixo das árvores levantavam-se as tendas, agora vazias, pois todos os seus habitantes haviam saído para nos ver chegar. As mulheres, os filhos, que pululavam ao ar livre, manifestavam sua alegria com gritos. Aquilo era quase insuportável. Parecia como se todos estivessem ficado malucos de repente.

Pida levantou a mão solenemente, fazendo um gesto em sentido horizontal, e no mesmo instante o silêncio caiu sobre o povoado. Outro sinal fez com que os cavaleiros formassem um círculo atrás de mim, e o jovem chefe kiowa colocou-se à minha direita. Santer também aproximou-se, mas o filho de Tangua ignorou sua presença.

Obrigaram-me a andar até uma grande tenda cuja porta estava engalanada com as plumas do chefe da tribo kiowa. Na porta estava Tangua. Encontrei-o, depois de tanto tempo sem vê-lo, extraordinariamente envelhecido. Seus olhos cravaram-se em mim, e pude ver neles que o seu ódio por mim havia crescido com o tempo.

Observei que seus longos cabelos agora estavam brancos como a neve. Seu arrogante filho Pida desmontou, e dirigiu-se para tenda, seguido de uma multidão ávida por escutar as palavras que iria me dirigir o grande chefe. Desamarraram-me do cavalo e me soltaram os pés para que eu pudesse caminhar. Confesso que eu também estava curioso pela acolhida que o chefe dos kiowas me dispensaria, já que ele era cruel e sanguinário como poucos. Mas tinha que conter-me, e não fiz caso do olhar de desprezo que ele lançou sobre mim. Ele provavelmente teria preferido que eu esboçasse um gesto de cólera, mas não lhe dei esta satisfação. E então, devagar, fechou os olhos e ficou ali, meio deitado em seu leito de ricas peles.

Reinava um silêncio absoluto, só interrompido esporadicamente pelo bufar dos cavalos. Para mim a cena começava a tornar-se irritante, e já me dispunha a tomar a palavra, quando Tangua dignou-se a abrir os olhos e me dizer:

— A flor anseia pelo orvalho que não chega, e esgotada inclina-se para morrer, mas é quando chega o orvalho, e impede sua morte.

Guardou silêncio novamente, e então continuou:

— O bisão escava a neve em busca da grama, que não encontra. Brame de fome, chamando a primavera, que não quer chegar. Emagrece, sua corcunda diminui, suas forças vão debilitando-se, e já vai morrer, quando de repente sopra um vento agradável, e o quase moribundo vê chegar a tão desejada estação...

Outra nova pausa, tão longa como as anteriores. Aquele índio que havia me odiado, injuriado e maltratado como nenhum outro, que sedento pelo meu sangue havia me perseguido durante anos, sem trégua e com gana, estava ali, diante de mim, tentando mostrar sua velha eloquência.

Eu, anos antes, ao invés de matá-lo, havia me conformado em deixá-lo inutilizado, disparando em suas pernas. Agora o via, depois de muitos anos, uma ruína física, um simples saco de ossos, coberto por uma pele velha e ressecada. Mas me surpreendi, sentindo mais compaixão que ódio por ele.

O silêncio do chefe dos kiowas continuava, e eu continuava pensando nos acontecimentos passados, sem surpreender-me pelos sentimentos que, agora, aquele homem quase vencido pela vida me despertava. E arrependia-me por ter sido eu a tê-lo colocado naquela situação. Sabia que ele estava contente, pensando na vingança, e que se fechava os olhos, era por prazer, por pura voluptuosidade, imaginando os tormentos que pensava em infligir-me. Mas eu só podia sentir pena dele.

Ele então voltou a falar:

— Tangua é como a flor e o bisão faminto. Desejava, ansiava, pedia vingança, e esta não chegava. Passou-se lua após lua, sol após sol, e ela não chegava. Já ia morrer de velhice, mas agora revivo, porque a hora chegou.

Ao terminar de dizer isso, saiu de sua prostração, abriu bem os olhos, endireitou-se o mais que podia, e estendendo os braços ossudos e delgados, abriu os dedos como garras em minha direção, gritando com sua voz trêmula:

— Minha vingança chegou! Já a vejo, tenho-a diante de mim, aí mesmo, ao alcance de minhas mãos! Cão! Que morte horrível o espera!

Capítulo IV

Aquele estalido de fogo, alimentado por seu ódio, esgotou-o por completo, e ele caiu para trás, como se estivesse desmaiado. Ninguém atrevia-se a quebrar o silêncio, pesado e denso, que envolvia o povoado kiowa. Até Pida, seu arrogante filho, nada disse, e não se moveu.

Mas Tangua voltou a abrir os olhos:

— Como esse sapo hediondo caiu em suas mãos? Preciso saber!

Santer não iria deixar aquela ocasião passar em branco, e dispôs-se a intervir, sem esperar a resposta de Pida, a quem a pergunta havia sido endereçada. Queria vangloriar-se na frente do chefe kiowa.

— Eu posso informá-lo sobre isso!

— Fale!

Santer então contou tudo, em detalhes, logicamente aumentando seus próprios méritos na história. Ninguém o contradisse, e quando ele terminou dizendo, triunfante:

— Por tudo isso, já está vendo que deve somente a mim o prazer de vingar-se deste verme, e em troca deste favor, peço-lhe outro.

— Fale.

— Mão-de-Ferro leva em seu bolso uns papéis, dos quais preciso.

— Ele tirou os papéis de você?

— Não, mas...

— De quem são?

— Seus, não... eu... Eu fui a Mugwort-Hills para procurá-los, mas ele adiantou-se e os encontrou primeiro. Por isso estão com ele!

— Então... São seus! Pode pegá-los!

Louco de alegria, Santer avançou em minha direção. Eu não disse uma só palavra, e não fiz o menor movimento. Limitei-me a olhar em sua cara, e não sei o que ele viu, mas sei que recuou, não se atrevendo a me tocar. Vacilou e para animar-se, disse a si mesmo com um fio de voz:

— Você escutou... São meus!

Eu nada disse, limitando-me a continuar o encarando. Então, absurda e ridiculamente, Santer implorou, esquecendo-se que era eu o preso, indefeso e a mercê de todos eles:

— Para seu próprio bem, aconselho-o que ceda, Mão-de-Ferro. Vou procurar nos seus bolsos e...

Deu outro passo, mas então eu, apesar de ter as mãos atadas, as levantei velozmente e meti um soco no rosto daquele assassino. Eu estava com tanta raiva, e o soco foi tão forte e violento, que o canalha rodopiou e caiu sem sentidos no chão.

Um murmúrio de assombro levantou-se entre os que ali estavam. Só Tangua rugiu de raiva:

— Este cão imundo morde, apesar de estar preso! Amarrem-no de uma forma que não possa mover-se! Tirem os papéis de seu bolso!

Então Pida interveio pela primeira vez, dizendo:

— Meu pai, o grande chefe dos kiowas, é sábio e justo, e escutará a voz de seu filho.

Os olhos do encarquilhado velho iluminaram-se, ao escutar a voz de seu filho, e ele o encarou com certa doçura:

— Por que meu filho diz estas palavras? É injusto o que o cara-pálida Santer pede?

— Sim, meu pai! É!

— Fale!

— Não foi Santer quem venceu Mão-de-Ferro, e sim os guerreiros de Pida. Inclusive o prisioneiro derrubou muitos e logo desistiu de defender-se. Rendeu-se a mim.

A quem pertence, pois, o direito sobre tudo o que ele possua?

— A Pida!

O filho de Tangua avançou em minha direção, e metendo a mão no meu bolso, encarando-me com seus olhos chamejantes, me arrebatou os papéis do testamento. Isto me contrariava, mas também me enchia de satisfação. Contrariava-me porque queria conservar aqueles papéis a todo custo, já que eram tão importantes para mim; por outro lado, enchia-me de satisfação em saber que o odioso e ambicioso Santer não pudesse mais ter os papéis em seu poder, já que Pida não demonstrava por ele a menor simpatia.

Santer havia se recuperado do meu tremendo golpe e aproximando-se de seus companheiros, mal-humorado, pareceu dar a questão por encerrada:

— Muito bem, não temos mais o que fazer aqui! Que Pida fique com estes papéis que não servem para nada, já que não sabe ler! Que vão todos para o inferno!

E afastou-se, seguido de Clay, Gates e Summer, sem que ninguém ali fizesse nada para detê-los. Nem mesmo Tangua dignou-se a mover seus cansados olhos, cheios de ódio, para ver a direção que tomavam seus "amigos" caras-pálidas.

Mas depois de uma de suas longas pausas, escutei-o com certo temor, pronunciar sua sentença definitiva sobre mim:

— Pida, o jovem chefe dos kiowas, que um dia me sucederá, tem licença para cravar sua faca no coração de Mão-de-Ferro quando o prisioneiro tiver chegado ao fim de seus tormentos. Caberá a Pida a honra de que possam dizer que o maior, mais famoso e mais perigoso dos caras-pálidas, morreu em suas mãos.

Nova pausa antes de acrescentar cansado, muito cansado:

— Que venham os anciãos. Celebraremos um conselho para deliberar a forma que este cão imundo deve morrer. Enquanto isso... atem-no na árvore da morte!

A Filha do Guerreiro

Capítulo Primeiro

Levaram-me para um pinheiro de mais de dois pés de diâmetro, ao redor do qual haviam quatro postes, cujo objetivo logo pude averiguar.

Este pinheiro tinha o nome de Árvore da Morte, porque a ele atavam-se os condenados à morte. Dos galhos mais baixos pendiam as correias que prendiam os prisioneiros, e com elas fui amarrado ao tronco, da mesma forma em que, em outros tempos, haviam amarrado Winnetou e seu pai, quando eles haviam caído nas mãos de Tangua. Dois guerreiros bem armados vigiavam-me constantemente.

Diante da tenda do chefe kiowa e sentados frente a Tangua, os anciãos da tribo formaram um semicírculo para decidir minha sorte ou, melhor dizendo, como ela já estava decidida, a maneira mais cruel e sanguinária de aplicar-me os tormentos.

Eu havia ficado em pé, com minhas costas espremidas contra o tronco da árvore, e ao meu redor estava-se formando uma multidão de mulheres, donzelas e crianças, ansiosos por contemplar o prisioneiro. Mas em nenhum daqueles rostos eu vi ódio ou rancor. Recordo que exprimiam mais respeito e admiração. Só desejavam conhecer o caçador branco de quem tanto haviam escutado falar, e cuja morte ia ser para eles um espetáculo.

Entre aqueles curiosos, chamou-me a atenção uma jovem índia, que ainda não devia ser casada. Ao notar que eu a olhava, afastou-se um pouco, mas continuou a me olhar furtivamente, como se estivesse envergonhada por estar no meio daqueles curiosos.

Seguindo um impulso repentino de galanteria, eu a saudei com a cabeça, e ela afastou-se ainda mais, voltando a cabeça de vez em quando para cravar seus lindos olhos em mim, até desaparecer em uma das maiores tendas do povoado.

Interessado naquela bela moça, perguntei a um dos meus sentinelas quem era ela:

— Esta é Kakhi-Oto (Cabelos Negros), filha de Sus-Homacha (Uma Pena), que quando era ainda moço ganhou a distinção de ter uma pena em seu cabelo. Ela é irmã da esposa do jovem Pida. O pai de Kakhi-Oto está no conselho.

Não falamos mais nada, mas aquela breve troca de palavras iria ter consequências que eu não podia prever.

O conselho esteve reunido mais de duas horas. Ao terminar, desamarraram-me para levar-me diante dele, e escutar o longo e arrastado discurso de Tangua, que empenhou-se, fiel ao costume dos índios, em acusar-me de todas as atrocidades que os brancos cometiam contra os índios. Logo depois veio uma longa relação de todos os tormentos que eu deveria sofrer antes de morrer, que escutei mostrando a atitude de um homem a quem a morte não assusta. O único consolo daquela longa sentença era o fato de que, para minha sorte, a tribo kiowa não estava ali toda reunida, e então eles iriam esperar que todos se reunissem, para não privá-los do prazer de assistir a morte de Mão-de-Ferro.

Deduzi então que me sobravam ainda algumas horas de vida.

Quando novamente me conduziram para a Árvore da Morte, passamos diante da tenda de Sus-Homacha. Na entrada estava sua filha. Detive-me para dizer:

— Cabelos Negros deve alegrar-se muito de que seu povo haja condenado o "perverso" Mão-de-Ferro.

Para minha surpresa, a jovem ruborizou-se e respondeu num fio de voz:

— Mão-de-Ferro não é perverso. Todo mundo sabe disso. Estão o sentenciando porque feriu nosso chefe Tangua e porque já não é um cara-pálida, e sim um apache.

— Sou branco e sempre o serei, enquanto viver.

— Já não o é, porque Inchu-Chuma, o pai de Winnetou, o recebeu em sua tribo, nomeando-o chefe. Não bebeu o sangue de Winnetou e ele não bebeu o seu?

— Certo, porque foi uma prova de amizade — e então meus guardiãos me empurraram, interrompendo a conversa.

Tornaram a me amarrar na Árvore da Morte e quando já estava ali há cerca de uma hora, a jovem índia apareceu com um pote de barro.

— Meu pai, Uma Pena, deu-me licença para que lhe desse de comer. Quer receber isto de minhas mãos?

— Obrigado, Cabelos Negros. Não posso usar minhas mãos, estão amarradas.

Sorri ao pensar que o "terrível" Mão-de-Ferro, a quem aqueles índios haviam julgado e sentenciado, teria que ser alimentado como uma indefesa criança pela bela índia. Os sentinelas observavam-nos divertidos e um deles, querendo recompensar o trabalho da jovem índia, disse a ela:

— Mão-de-Ferro gosta muito de Cabelos Negros.

A moça olhou-me e acho então que fui eu quem ficou mais vermelho que um pimentão. Seus lindos olhos negros sorriam para mim, ainda que seus lábios nada dissessem. Afastou-se em silêncio e só se voltou quando já estava longe. Neste momento, Gates aproximou-se, perguntando aos sentinelas:

— Posso falar com ele?

— Você não é amigo de Tangua, como o cara-pálida Santer?

— Sim... E também somos amigos seus.

— Fale, mas nada tente, ou então eu o matarei.

— Fique tranqüilo, meu amigo! Não é minha intenção permitir que este homem se salve.

Quando fiquei frente a frente com Gates, perguntei-lhe logo:

— Por que me enganou?

— Eu, senhor Mão-de-Ferro?

— Sim, você. Ocultou-me o fato de que os kiowas iam chegar a Mugwort-Hills, quando Santer já o tinha informado do fato.

— Você também nos enganou, dizendo que era um caçador chamado Jones.

— Isto não importa agora. Mas você não se aproximou para falar sobre isto. O que quer de mim?

Ele vacilou um momento antes de falar:

— Santer quer os papéis que você estava lendo quando o surpreendeu. Estão em poder do jovem Pida, mas você sabe o que está escrito ali!

— Claro que sim! — confirmei, adivinhando a intenção daquele homem.

— É relacionado com o ouro que viemos buscar em Mugwort-Hills? Se for assim, já que vão matá-lo, você poderia me dizer...

Comecei a rir gostosamente, apesar da minha situação crítica.

— É mais ingênuo do que pensei, Gates. Acha mesmo que iria lhe dizer alguma coisa?

— Este ouro não irá lhe servir de nada!

— E você, Clay e Summer não estão com este demônio do Santer? Pois é simplesmente ridículo que venha me pedir ajuda para achar o ouro.

Ele encolheu os ombros, desiludido, murmurando:

— Tanto faz, Santer saberá encontrá-lo.

— Duvido muito, mas mesmo se isto acontecesse, nem uma só grama deste ouro cairia em suas mãos. Esse canalha está usando vocês para que o ajudem, mas assim que tiver achado o ouro, irá livrar-se de vocês.

— Não é verdade!

— Este espertalhão mandou você vir aqui me sondar, Gates?

— Não! — exclamou, ao que parece com sinceridade. — Se souber que falei com você, irá me matar!

— Onde vocês estão?

— Numa tenda que Santer escolheu. Perto da tenda do filho de Tangua.

— O que este canalha pensa em fazer? Roubar os papéis de Pida?

Conhecia de sobra a forma de agir daquele bandido. Então, gritei para meu sentinela:

— Amigo! Faça-me o favor de avisar ao jovem chefe Pida que preciso falar com ele urgentemente!

Ao escutar-me, aterrado, Gates fugiu, enquanto um dos sentinelas ia avisar Pida do meu pedido.

Capítulo II

Arrogante com sempre, Pida chegou e, depois de examinar se eu estava bem preso, perguntou:

— O que o homem branco quer de Pida? Para que me mandou chamar?

— Só para dizer que tenha cuidado com Santer. Soube que ele está alojado em uma tenda vizinha à sua. É uma raposa astuta e traiçoeira. Suspeito que está querendo apoderar-se dos papéis que estão com você!

— Obrigado por me avisar, mas ele não irá conseguir. Estão bem guardados!

Pareceu vacilar um instante, antes de tornar a me dizer:

— Estes papéis, o que dizem de tão interessante para você e para esse Santer?

— O meu interesse é pessoal.

— Ouro?

— Não, Mão-de-Ferro não se preocupa com ouro ou riquezas. Para mim vale mais a vontade de um bom amigo!

Não deve ter me compreendido, porque exclamou, perplexo:

— Uf! Os caras-pálidas são estranhos, e você mais do que os de sua própria raça. E agora, em troca do seu aviso, Pida pode fazer algo por você?

— Não... O conselho já ditou a sentença.

— E Pida pode pedir-lhe um favor?

— Fale.

— Tenho suas armas, mas examinei o rifle de repetição e não sei disparar com ele. Tem um mecanismo estranho para Pida. Antes de morrer, preciso que me ensine a carregá-lo e disparar com ele. Senão, ele não irá me servir para nada.

— Eu o farei.

— Obrigado, poderia negar-se e não o fez. Por isso Pida cuidará para que antes do tormento concedam-lhe seu último desejo.

E sem dizer mais nada, afastou-se, sem dar-se conta que suas palavras haviam me enchido de esperança.

Comecei a pensar que, para ensinar a Pida o manejo de meu rifle, teriam que soltar-me. E se o fizessem, com a arma em minhas mãos, eu poderia desafiar o mundo inteiro. Claro que isto podia ser bem arriscado, mas no final das contas não expunha nada além da minha vida, e esta já estava perdida, poupando-me até de morrer entre os tormentos que me esperavam.

Enquanto eu fazia estas considerações, a noite caiu e começaram a arder as fogueiras diante das tendas, pon-

do-se as mulheres a preparar a refeição. Cabelos Negros veio alimentar-me. Mas aquela vez, não me dirigiu nem uma só palavra. Só seus grandes e formosos olhos negros pareciam falar-me, como se com seu olhar ansiasse por transmitir-me uma muda mensagem de esperança.

Meus guardas foram trocados, e quando eu esperava Pida, em seu lugar aproximou-se outro guerreiro, lenta e majestosamente. Era Uma Pena, pai de minha doce amiga índia, que depois de contemplar-me gravemente, disse:

— Por que todos os de sua raça odeiam a minha raça?

— Eu não os odeio. Todo mundo sabe o laço que me unia a Winnetou. Eramos mais que amigos, eramos irmãos. E não era ele um pele-vermelha?

— Certo! Mas era inimigo dos kiowas! Como você!

— Winnetou não queria ser inimigo de vocês. Vocês, por intermédio de Tangua, é que se empenharam para que ele fosse considerado inimigo. Chefe apache, que tanto amava a sua tribo, amava também a todos de sua raça. Eu lhe digo que seu único desejo era viver em paz com todos os homens, fossem eles peles-vermelhas ou caras-pálidas. A inimizade e as guerras de extermínio entre vocês constituía um grande pesar para o coração de Winnetou, pesar que o acompanhou até a morte. E tal como Winnetou se sentia, eu também me sinto.

Eu falava com a mesma dignidade e lentidão que meu interlocutor. Havia adivinhado o motivo de sua visita. Queria oferecer-me sua filha como esposa para que, convertido em kiowa, pudesse me salvar; mas, para que ele não o fizesse, e evitasse a vergonha de ser recusado, disse-lhe altaneiramente:

— Uma Pena perde seu tempo falando comigo e tentando me ajudar. Mão-de-Ferro já foi condenado a morte várias vezes e sempre conseguiu salvar-se sozinho! Esta vez não será diferente!

— Você é um bravo, mas também é soberbo. Por que adianta-se a meus pensamentos e recusa o que posso lhe oferecer?

— Escutei que Uma Pena é um dos guerreiros mais valentes e respeitado pelos kiowas. Quero evitar-lhe uma humilhação, e evitar também seu ódio ao recusar...

Ele então olhou-me fixamente:

— Acaso... Adivinhou? E se assim é, por que a recusa? Minha filha já ouviu falar muito de Mão-de-Ferro antes de conhecê-lo, e deseja salvá-lo tornando-se sua esposa.

— Diga a Cabelos Negros que agradeço muito seu bom coração, mas que eu não posso me converter em um kiowa pelo casamento. Sei que aquele que toma uma donzela desta tribo por esposa tem o direito de ser recebido pela tribo, mas...

— Mas o que? Fale!

Iria dizer-lhe os meus verdadeiros motivos? Deveria dizer que não poderia complicar minha vida casando-me com uma índia; que a um homem como eu, a união com uma índia selvagem não poderia oferecer-me tudo o que um casamento pode oferecer? Deveria dizer-lhe que eu não era como estes canalhas que casam-se com índias e depois as abandonam? Devia confessar-lhe isto tudo, e outras coisas mais que talvez estivessem fora de sua compreensão?

Era preciso sair desta situação com razões que Uma Pena pudesse compreender. E depois de refletir um pouco, disse:

— Se Uma Pena estivesse no meu lugar, aceitaria isso para salvar-se?

Ele ficou desconcertado com a minha pergunta, e eu então emendei outra logo em seguida:

— Uma Pena quer que Mão-de-Ferro torne-se motivo de deboche? Quer que todos digam que para escapar do tormento e salvar sua vida refugiou-se nos braços de uma jovem e bela moça, como se fosse um menino medroso?

— Então, não está recusando minha filha porque acha que ela não é digna, não é verdade?

— Muito pelo contrário, respeito e muito a ambos. Mas Mão-de-Ferro é capaz de defender sua vida e lutar por ela. Não posso aceitar que ela me seja dada como presente, pelas mãos de uma bela mulher. Seria para mim uma desonra, compreende?

— Mão-de-Ferro é homem corajoso, e é uma pena que vá morrer — e o índio afastou-se com toda a sua dignidade.

Aquela noite foi para mim longa e terrível. Sentia dores em todo o corpo, sobretudo nos pulsos, porque as amarras estavam tão apertadas que cortavam minha carne.

Na manhã seguinte, depois da troca dos sentinelas, senti curiosidade em saber quem iria me servir a refeição, depois do que havia acontecido na noite anterior. Se Uma Pena tivesse dito a sua filha que eu a tinha recusado, ela não apareceria ali, pois certamente teria ficado ofendida. Mas isso não aconteceu e ela novamente veio dar-me de comer, sem dizer uma só palavra, mas demonstrando em seu lindo rosto uma profunda tristeza.

Pida veio me dizer que iria sair para caçar com um grupo de guerreiros, mas voltaria de tarde. As horas passaram-se lentamente, até que Santer apareceu.

— Até nunca mais, "senhor" Mão-de-Ferro. Já tenho o que eu queria!

E ao dizer isto, bateu no bolso de seu casaco de um modo significativo, o que me fez perceber que ele havia conseguido roubar o testamento de Winnetou, aproveitando a ausência de Pida.

O seu cinismo me irritou, e eu comecei a gritar:

— Ele roubou os papéis de Pida! Ladrão!

— Ora! Roubou! Roubou! Que linguagem é esta? Peguei aquilo que era meu, e nada mais! Isso não é roubar, meu amigo. Enfim, os papéis já estão comigo e nada mais me prende aqui.

E ele esporeou o cavalo, saindo a galope, enquanto meus gritos resultavam inúteis em chamar a atenção dos kiowas.

Meu desespero era grande, pois havia perdido, definitivamente, a possibilidade de cumprir a última vontade de meu querido amigo Winnetou. Gritei, esbravejei e tentei soltar-me de qualquer jeito, sem conseguir outra coisa além de chamar a atenção dos curiosos kiowas, que pensavam que meus gritos e protestos eram a expressão de meu medo.

Mas logo algo mudou no acampamento. Cabelos Negros saiu de uma tenda, gritando que havia encontrado sua irmã morta, na tenda de Pida. No mesmo instante compreendi o que havia acontecido. Santer havia amarrado a esposa do filho de Tangua para conseguir o testamento de Winnetou, e a havia quase matado para conseguir o que queria. Na verdade a esposa do jovem cacique dos kiowas estava ferida, e não morta, pois havia recebido um forte golpe na nuca, e estava sangrando copiosamente. Decidi aproveitar a dupla oportunidade que me estava sendo oferecida. Dupla porque ia tentar salvar a irmã da bela Cabelos Negros, e porque desta forma poderia conseguir o perdão dos kiowas.

Chamei Uma Pena e lhe disse:

Estudei medicina e posso curar sua filha. Se deixar, a esposa do jovem Pida poderá viver e Cabelos Negros não perderá sua querida irmã.

— Você é médico, como dizem os caras-pálidas? — perguntou.

— Conheço muitos remédios e os meios para estancar essa hemorragia. Deixe-me tentar.

Com uma relativa liberdade, já que estava constantemente vigiado, pude atender a esposa de Pida, e conseguir que ela não morresse por causa da hemorragia.

Mas, muito sério e inflexível, cumprindo as ordens de Tangua, o pai da jovem voltou a levar-me para a Árvore da Morte, me amarrando novamente.

gros punha uma mordaça na própria irmã e a amarrava no leito. Desejavam não despertar suspeitas sobre elas, e eu por minha vez amarrei a bela índia, para que todos pensassem que a havia surpreendido na tenda de Pida, ao tentar recuperar meus pertences.

— Jamais esquecerei disto! Conte sempre com minha amizade e gratidão!

Meu cavalo já estava esperando lá fora e as sombras da noite não tardaram a nos envolver, enquanto eu me afastava do povoado dos kiowas. Não me importava que Santer estivesse muito à minha frente. Sabia que ele cavalgava em direção ao rio Pecos e isto bastava para que eu me orientasse.

Meu plano era chegar antes de Santer, e como meu cavalo estava descansado e galopava velozmente, tinha certeza que iria tomar a dianteira.

No terceiro dia de viagem, sem conceder-me nem um pouco de descanso, e forçando ao máximo minha montaria, já estava próximo do meu destino. Ia atravessar a planície quando vi aparecerem dois cavaleiros índios. Eles também continuaram avançando em minha direção, ao verem que eu estava viajando sozinho. Ao chegar a uma certa distância, um deles pronunciou meu nome. Era Yato-ka (Pés Ligeiros), um guerreiro apache do povoado de Winnetou.

— Vejo que meus irmãos estão indo caçar ou guerrear. Para onde se dirigem?

— Para os montes Gros-Ventre, honrar a sepultura de nosso chefe Winnetou.

— Então... Já estão sabendo de sua morte? Eu me propunha a ir até o povoado, dizer que meu irmão Winnetou morreu em meus braços.

— Soubemos disso há dois dias. Mas, por que Mão-de-Ferro não veio?

— Tive complicações, que ainda preciso resolver.

Onde estão os outros guerreiros apaches? Por que viajam sós?

— Nós estamos à frente. Os outros, cinco vezes dez, nos seguem.

Pensei em Pida e nos guerreiros kiowas que o acompanhavam, e que também se dirigiam para Gros-Ventre, pensando em lá aprisionar Santer. Se ele soubesse que eu estava em liberdade, teria dificuldade. Por isso, em poucas palavras, expliquei a Yato-ka o que havia acontecido, e tentei convencê-lo de que devia me acompanhar. Para interessá-los ainda mais, disse-lhes que o homem que estava perseguindo era o assassino do pai e da irmã de Winnetou.

— O assassino? Nós te ajudaremos, e se esses kiowas que Pida chefia, voltarem a capturar Mão-de-Ferro... Todos eles morrerão!

— Não, Yato-ka! Basta de guerras e extermínio entre os índios! Vocês e os guerreiros apaches que o seguem só devem impedir que ele tente me aprisionar.

— Por que não matá-los, se somos em maior quantidade que eles? Os kiowas são nossos inimigos e você mesmo foi condenado a morte por eles.

— Mas Pida tratou-me com nobreza e quero considerá-lo como um amigo. Só o ódio do velho Tangua, que logo morrerá, é que separa os kiowa de seus irmãos apaches.

Custou-me convencê-los, mas por fim, recordando-lhes minha velha amizade com seu chefe Winnetou, que em certa ocasião, numa grande cerimônia, havia me declarado chefe apache, consegui impor minha vontade. Entre os apaches, Mão-de-Ferro tinha o crédito suficiente para conseguir isto e muito mais. Continuamos cavalgando, deixando pegadas bem visíveis para que os outros guerreiros apaches que viessem atrás, seguissem nosso rastro.

Dois dias mais tarde, cavalgávamos pela margem direita do rio Pecos. Ali descobrimos uma formação de cavaleiros kiowas que, sem dúvida, seguiam a seu jovem chefe Pida.

E um pouco mais à direita, também cavalgando em direção ao rio, o numeroso grupo de apaches que seguiam o rastro daqueles que estavam me acompanhando.

Neste instante pensei que, quando aqueles dois grupos de índios se encontrassem, mais uma vez a pradaria iria converter-se num sangrento campo de batalha. Então, roguei a Yato-ka:

— Siga-me, irmão, temos que evitar esta luta!

Capítulo II

Os onze guerreiros kiowas, capitaneados por Pida, estavam longe demais para que pudessem me reconhecer, mas ao ver que alguém estava vindo em sua direção, o chefe kiowa lançou um grito terrível, esporeou seu cavalo e lançou seus homens contra nós.

Logo ficamos frente a frente, e antes que ele pudesse dizer algo, gritei:

— A sorte de Pida e seus guerreiros está agora em minhas mãos! Faça-se a paz, e não lutemos!

— Como ousa Mão-de-Ferro dar ordens e dizer que estamos em suas mãos? Somos doze contra vocês três, e você é prisioneiro dos kiowas. Castigaremos sua fúria e atrevimento!

— Não poderá fazê-lo, Pida. Os guerreiros apaches os rodeiam. Olhe para trás e irá comprovar o que lhe digo. Cinqüenta lanças e machadinhas estão prontas para esmagá-los, se não aceitarem o meu trato.

E com efeito, os apaches que seguiam as pegadas de Yato-ka começaram a perfilar-se diante de nós.

Pida compreendeu sua situação, e terminou por aceitá-la de má vontade:

— Desde quando kiowas e apaches são amigos?

— Desde agora, Pida! E a ocasião é propícia. Seu antigo inimigo Winnetou está morto e Tangua, seu pai, está muito velho. Permita meu irmão vermelho que eu fale e nós nos entenderemos.

— Antes, diga-me quem te libertou.

— Ninguém. Eu consegui soltar-me das amarras sozinho.

— Uf! Impossível!

— Esqueceu-se de uma coisa, Pida. Para Mão-de-Ferro não existe esta palavra. Nada me é impossível! E agora, temos um objetivo em comum!

— Qual? — perguntou, em sua habitual arrogância.

— Caçar este assassino, Santer!

— Nós também estamos atrás dele. Seguimos seu rastro há dias.

— Pois então vamos juntar forças. Assim, ele não poderá escapar!

E então fumamos o cachimbo da paz, cerimoniosamente. Também consegui, depois de muita conversa, que os dois grupos montassem acampamento juntos aquela noite e, vencidos os receios e por amor à luz e calor de uma fogueira, depois de jantarmos, relatei a todos os detalhes da morte de Winnetou. Também falei de Santer, do testamento e das intenções do bandido. Na manhã seguinte, chegamos perto do lago Água Escura, do qual Winnetou havia me falado em seus últimos instantes de vida.

As ladeiras que rodeavam o lago estavam cobertas por uma emaranhada vegetação, dando à água a cor sombria que havia feito Winnetou dar-lhe o nome de Água Escura. A ladeira setentrional era mais elevada e dela sobressaía uma rocha em forma de coluna, que caía horizontalmente sobre o lado. Atrás daquela rocha acumulava-se toda a água da chuva, e então, abrindo passagem através da pedra, precipitava-se como por uma garganta em direção ao lago, de uma altura de cerca de cem pés.

Em Liberdade

Capítulo Primeiro

A perseguição a Santer não começou até que os ânimos se acalmassem no povoado dos kiowas, e enquanto Pida não regressou da caçada.

No instante em que chegou, ele veio me ver, e agradeceu:

— Mão-de-Ferro devolveu a vida de minha esposa. Eu agradeço muito ao homem branco, mas Pida nada pode fazer contra a sentença do conselho e as ordens de meu pai Tangua.

— Seu pai Tangua me disse que está morrendo de velhice. Pida logo mandará nos kiowas e é hora de começar a tomar resoluções por conta própria. E se vai sair em perseguição a Santer, eu posso ser muito útil.

— Pida encontrará o ladrão Santer. Vingará o covarde ataque que sofreu minha esposa! Ele deve ter voltado...

— Está enganado, Pida! Santer está de posse dos papéis que eram meus, e agora está indo diretamente para outro lugar que só eu sei. Se não me levar, este homem irá conseguir escapar!

— Mão-de-Ferro está dizendo a verdade?

— Mão-de-Ferro não mente nunca e Pida sabe disso!

— Mas Pida não pode libertá-lo. Deve obedecer Tangua, e Tangua disse que você deve morrer!

E afastou-se com seus guerreiros. Eu tive que esperar a noite para conseguir a minha tão ansiada liberdade. Tinha os músculos doloridos e quase não entendi o olhar que Cabelos Negros me deu, ao me trazer o jantar, me indicando o fundo da vasilha. Uma pequena faca, que as mulheres usavam para cozinhar, estava ali. E então compreendi.

Os dois sentinelas não receavam aquela moça, filha de um dos guerreiros mais notáveis dos kiowas. Ela sempre me trazia a comida, e nada até então havia acontecido. Mas aquela vez Cabelos Negros agiu com extrema astúcia e depois de cortar as amarras de minha mão direita, deixou a afiada faca entre os dedos da minha mão. E foi embora.

O resto foi fácil para mim, e pude soltar-me durante a noite sem grandes complicações. E uma vez livre, antes que os sentinelas pudessem agir, deixei-os inconscientes com meus golpes.

Eles caíram como troncos, derrubados por um raio, e com as mesmas amarras que momentos antes serviam para me prender, eu os amarrei, sem esquecer de colocar-lhes uma boa mordaça para que, quando se recuperassem, não pudessem gritar.

Eu sabia que Pida havia se apropriado de minhas coisas, e então fui direto para a sua tenda, onde encontrei as filhas de Uma Pena. Pelo visto a bela Cabelos Negros já estava me esperando, e sem perda de tempo, depois de beijar-lhe as mãos, ela me recomendou:

— Fuja pela parte de trás, Mão-de-Ferro! Já preparei seu cavalo.

Sua irmã continuava deitada em seu leito de peles, recuperando-se da ferida. Nossos olhos encontraram-se. Mas a voz de Cabelos Negros voltou a soar, enquanto ela me entregava minhas armas e tudo o que me pertencia:

— O homem branco voltará algum dia?

— Eu voltarei!

Não havia tempo a perder e rapidamente compreendi a intenção das mulheres ao ver que Cabelos Ne-

Era a Água Quente que citava o testamento de Winnetou. Por cima da cascata via-se uma caverna aberta na rocha, que tempos atrás eu não havia conseguido alcançar com meu amigo, o chefe dos apaches. Mas ele devia saber de algum acesso secreto e ali, precisamente ali, calculei que devia estar o tesouro que Winnetou legava em seu testamento.

Estávamos diante do momento tão esperado, e a intranqüilidade nos devorava. Paramos naquele agradável lugar para esperar a manhã e, quando o dia despontou, nos dedicamos, em grupos, a buscar as pegadas do astuto Santer, sem conseguir um resultado positivo.

Então decidi subir pela rocha, levando comigo somente o jovem Pida, como representante dos kiowas, e Yato-ka, dos apaches.

Enquanto caminhávamos, voltavam à minha mente as últimas palavras de Winnetou, recordando esta frase: "Ali, começa a subir!"

O terreno era muito difícil. Chegou o momento que não nos foi possível avançar mais e se havia alguma passagem ou trilha para chegar à plataforma da rocha horizontal, não nos foi possível descobrir.

Já estávamos voltando quando um disparo soou e uma bala cravou-se na rocha, a poucos centímetros de minha cabeça. E uma voz, tornada mais potente por causa do eco, gritou:

— Está aqui, cão imundo? Está solto outra vez? Eu achava que só estes estúpidos kiowas estavam me perseguindo. Que o diabo os carregue!

Santer disparou novamente, e a bala passou roçando em Pida. Este levantou a cabeça e apontou:

— Vejam, Santer está ali!

Com efeito, sua desagradável figura agora era visível sobre a enorme rocha.

— Veio em busca do testamento do apache, para descobrir o tesouro? Pois está chegando tarde, Mão-de-Ferro! Eu me adiantei, e já acendi o fogo! Não verá nem uma pepita de ouro! A herança de Winnetou é toda minha.

Deu uma gargalhada pavorosa, acrescentando:

— Percebo que não descobriu a passagem para subir até aqui! Não encontrará nem a saída, por onde eu vou retirar o ouro, sem que possa me impedir! Fizeram esta longa viagem em vão, imbecis! Desta vez o triunfo é meu! Ha, ha, ha!

O que podíamos fazer? Acima estava o tesouro de Winnetou, e não podíamos chegar até ele. Não havia outro remédio senão responder a violência com violência, mesmo que de onde estávamos fosse difícil disparar.

Santer desapareceu dentro da caverna, mas saiu dentro em pouco, agitando algo em uma das mãos:

— Olhem bem! — seguiu gritando. — Este é o testamento! Eu vou rasgá-lo! Já sei tudo o que está escrito aqui!

E ele assim o fez. Suas mãos rasgaram as folhas de papel escritas por Winnetou, e ele jogou os pedaços ao vento.

Aqueles papéis, que tanto significavam para mim, estavam perdidos para sempre.

Senti uma fúria incontrolável, e fervendo de cólera, mais rugi que gritei:

— Canalha! Escuta bem o que vou dizer!

— O que o "grande Mão-de-Ferro" quer dizer? — zombou ele.

— Inchu-Chuma te saúda.

— Ah, obrigado! Está falando do pai de Winnetou, que eu matei?

— Nsho-Chi também.

— Obrigado! Também matei a filha, não é mesmo?

— Em nome de Winnetou, Mão-de-Ferro lhe manda esta bala, assassino!

Eu o mirei com minha "mata-ursos", com a qual eu nunca havia errado um só disparo. Para mim, apontar e disparar era só uma questão de segundos, mas...

O que aconteceu? O que me deteve e me fez baixar a arma? Creio que nunca saberei. Mas o certo é que algo me fez baixar a arma e não disparar.

Naquele instante de dúvida, aconteceu algo que nunca poderei esquecer. A enorme pedra oscilou e sobre o grande lago ouviu-se um estampido surdo, tremendo, atroz. Da gruta saiu uma fumaça espessa e, como se empurrada pelas mãos de um enorme titã, vimos aquele enorme pedaço do penhasco desabar.

Santer, em pé ali, moveu os braços como se fosse voar, cambaleou como se estivesse bêbado e então começou a gritar por socorro, como um louco.

E então, perdendo completamente o equilíbrio, caiu no lago, com um barulho terrível. Ficamos mudos, paralisados de terror, até que Pida exclamou:

— Uf! O grande espírito o julgou! Jogou-o no negro abismo do qual jamais sairá.

Yato-ka, mostrando as águas do lago, que naquele momento parecia uma caldeira fervendo, salpicada por mil pedras que caíam das alturas, exclamou, pálido como se tivesse visto um fantasma:

— O espírito mau o arrastou e não o devolverá mais até o final do mundo.

Eu não podia dizer nada.

Em parte, meu sonho tinha se realizado. O assassino já não existia e o ouro, um ouro que podia ter sido maldito, também estava no fundo do agitado lago.

Como aquilo havia acontecido? Santer havia se referido ao fato de já ter acendido o fogo... Que fogo? Teria sido ele o responsável pelo tremor?

Ou havia sido alguma astuta precaução de Winnetou? A descrição do esconderijo e o procedimento que exigiria para se retirar o tesouro estavam relatados de uma maneira que somente eu poderia entender, e que poderia ser interpretado erroneamente por outras pessoas.

A perda do tesouro não me preocupava em nada. Mas a perda daquelas linhas, escritas pelo meu amigo, doía-me profundamente.

Permanecemos ali quatro dias buscando o tesouro ou o que pudesse restar dele, mas nada encontramos e tivemos que regressar de mãos vazias, como havíamos chegado.

Sem dúvida alguma, o tesouro de Winnetou estava no fundo do lago, enterrado para sempre com aquele louco que quase havia conseguido apoderar-se dele.

Santer havia pago todos Sos seus pecados!

Enquanto regressávamos, tive tempo de pensar em muitas coisas e em dizer para mim mesmo que, assim como havia desaparecido o testamento do apache, e ele mesmo, desaparecerá toda a raça índia, sem alcançar o grande objetivo de sua existência.

Mas o viajante que ao pé de Gros-Ventre, às margens do rio Metsur, contemplar a tumba de Winnetou, terá que exclamar consigo mesmo

"Aqui jaz um pele-vermelha, que foi um grande homem!"

E quando o último dos fragmentos de sua raça acobreada estiver só e abandonado na selva, uma geração mais justiceira contemplará as pradarias e os montes do Oeste, e terá que exclamar:

"Aqui jaz a raça vermelha, que não foi grande porque não a deixaram ser!"